LE FRANÇAIS EN CAGE

Jacques Laurent est né le 5 janvier 1919, entre l'armistice et la paix. Il a grandi entre la fin d'une guerre mondiale et le début d'une autre, influencé par les écrivains de cet entre-deux-guerres, et il finissait sa licence de philosophie quand 1939 fit de lui un soldat. C'est au lendemain de la Libération que, marqué par le rapide changement du monde, il écrivit Les Corps tranquilles *: ce livre à la fois annonçait le roman nouveau et restait lié à la grande lignée du roman français. Par la suite, il devait fonder la revue littéraire* La Parisienne *(1953), diriger l'hebdomadaire* Arts *(1954-1959), publièr des essais :* Paul et Jean-Paul *(Grasset),* Neuf perles de culture *(en collaboration avec Claude Martine, Gallimard),* Au contraire *(La Table ronde), et des ouvrages polémiques. En 1971, il obtient le Prix Goncourt pour son roman* Les Bêtises. *Il s'est consacré à des essais :* Histoire égoïste, Roman du roman, Le Nu vêtu et dévêtu. *Viennent ensuite deux romans :* Les Sous-ensembles flous *et* Les Dimanches de Mademoiselle Beaunon.

Le Grand Prix de littérature de l'Académie française a été décerné à Jacques Laurent en 1981 ainsi que le Prix littéraire de la Fondation Prince Pierre de Monaco 1983 pour l'ensemble de son œuvre.

Jacques Laurent a été élu à l'Académie française en 1987.

Paru dans Le Livre de Poche :

LES DIMANCHES DE MADEMOISELLE BEAUNON.

JACQUES LAURENT
de l'Académie française

Le français en cage

GRASSET

S'il faut dire il y en eut cent tués ou *il y en eut cent de tués.*

Nous avons de bons auteurs qui disent l'un et l'autre. Monsieur Coëffeteau y met ordinairement l'article *de*. Monsieur de Malherbe la plupart du temps ne l'y met pas, comme quand il dit : *il y en eut trois condamnés, il n'y avait pieu si ferme, qu'avec peu de peine ils n'arrachassent, et depuis qu'il y en avait un arraché.* Néanmoins, en un autre lieu il dit : *il y en avait déjà trente d'achevés,* parlant de vaisseaux. Aujourd'hui le sentiment le plus commun de nos écrivains est qu'il faut toujours mettre le *de,* car en parlant jamais on ne l'omet, et par conséquent c'est l'usage qu'on est obligé de suivre aussi bien en écrivant qu'en parlant, sans s'amuser à éplucher pourquoi cet article est devant le participe passif et après le nombre. C'est la beauté des langues que ces façons de parler, qui semblent être sans raison pourvu que l'usage les autorise. La bizarrerie n'est bonne nulle part que là.

VAUGELAS.

CHAPITRE PREMIER

AU lycée Condorcet, je suivis la classe de troisième dans une salle neutre qui donnait sur une cour neutre. Nous étions une vingtaine d'élèves, les uns encore enfants, les autres à peine pubères qui en ce lieu trop rassurant s'habituaient à déclamer que coule à flots le sang, à disséquer les arguments d'une coquette qui veut tout obtenir sans donner son corps, à mesurer les excès d'une passion aveugle, à choisir entre plusieurs mobiles celui qui a le plus profondément poussé à la clémence un empereur maître de lui comme de l'univers.

Nous vivions quotidiennement en compagnie du mensonge, de la ruse et du crime mais ceux-ci étaient exprimés dans une langue pure et presque infaillible qui devait nous servir de modèle.

Le professeur de français, s'il raillait la

pruderie d'Armande, dénonçait la trahison de Ganelon et ne craignait pas de se mesurer avec Auguste, était surtout soucieux de traquer nos fautes de syntaxe ou de vocabulaire. Il menait cette guerre avec un enthousiasme que je ne demandais qu'à partager puisque, enfant, j'avais poussé la confiance en la langue jusqu'à croire que si un écriteau interdisait de se servir d'un ascenseur pour descendre, c'était parce que le sens originel du mot s'opposait à cet emploi.

Il arriva que, sur l'une de mes copies, je trouvai, souligné à l'encre rouge, un *il consent que...* que la même plume également rouge et absolue avait corrigé pour en faire un *il consent à ce que...* Je m'inclinai, heureux d'avoir appris à me défier d'une tournure malheureuse. *Peccavi pater optime.*

Quelques semaines plus tard, nous apprîmes par cœur une tirade de Molière où figurait ce vers :

« Je consens qu'une femme ait des clartés de tout. »

Contredit par un auteur dont il nous disait grand bien, le professeur, lorsque je lui en fis la remarque, se troubla à peine.

– Depuis le XVIIe, le français a évolué; cette construction est devenue incorrecte.

Plusieurs années me furent nécessaires pour découvrir fortuitement que la construction de Molière restait toujours valable et que celle dont mon professeur prétendait qu'elle s'était imposée, si elle envahissait de plus en plus le parler et l'écrit, n'en était pas moins contestée. Quatre verbes : *aimer, s'attendre, consentir, demander,* souffraient, depuis le XVIIIe, d'un mal endémique qui tendait à substituer *à ce que,* jugé plus élancé alors qu'il est plus lourd, à un *que* trop bref et trop solide et coupable peut-être de sentir encore le latin. Le rouge tout-puissant de mon professeur s'était égaré quand il avait corrigé dans ma copie une tournure qui était licite au profit d'une autre qui ne l'était pas.

De même, ce maître qui s'appuyait sur un règlement militaire pour ordonner le français et l'obliger à marcher au pas nous interdisait si nous avions avancé un *soit* de faire donner ensuite un *ou*. La discipline faisant la force principale de la syntaxe, nous devions équilibrer un *ou* par un *ou,* un *soit* par un *soit,* donc nous interdire le balancement désinvolte qui a été cher aux classiques : « Soit qu'il parle ou qu'il écrive. » Pour apprendre que cette construction était régulière et que ma langue ressemblait moins à un régiment que je ne l'avais craint, il me fallut un peu de temps et de chance.

Ce livre ne prend probablement pas sa source dans ces affaires. D'abord, elles me donnèrent seulement à méditer un peu sur la tyrannie que beaucoup d'amateurs de français pratiquent à l'aveugle comme s'ils obéissaient à un devoir sacré, celui d'interdire.

En avril 1957, j'avais sans doute encore en tête cet exemple d'un penchant qui pousse à appauvrir le français pour son bien quand je lus un ouvrage intitulé *Dissertation littéraire générale* que deux universitaires, MM. Chassang et Senninger, avaient écrit à l'intention des élèves de khâgne. J'y trouvai : « Il faut savoir une fois pour toutes QU'ON NE DIT PAS : être en but à, poursuivre un but, dans le but de, il s'en rappelle, se baser sur, malgré que, préférer que; MAIS QU'ON DIT : être en butte à, viser un but, en vue de, il se le rappelle, se fonder, fonder un raisonnement sur, bien que, quoique suivi du subjonctif, préférer une chose à une autre, une chose plutôt qu'une autre. » Le 24 avril 1957, je m'offris le plaisir de publier dans *Arts* un bref article où, pour la première fois, je m'en prenais au zèle excessif que déploient les policiers du langage dès que l'occasion leur est donnée de condamner.

Choisir arbitrairement sept fautes quand on veut régenter une langue aussi périlleuse que la nôtre, c'est d'abord sommaire. Il m'intéressait aussi de noter que sur les sept, cinq n'en étaient pas, et je ne l'avais démontré que trop aisément. *Poursuivre un but* déplut à quelques grammairiens mais n'en figure pas moins dans le Dictionnaire de l'Académie; il ne présente, tant du point de vue de la logique que du goût, aucun vice rédhibitoire. Je n'aimais pas *se baser sur* mais j'étais étonné que mes deux professeurs, alors qu'ils limitaient leur tir sur sept cibles, eussent choisi cet honnête néologisme qui date du XVIIIe siècle et fut même admis à figurer dans le dictionnaire de l'Académie; on ne saurait lui reprocher que d'être superflu tant que *se fonder* conservera sa vigueur. Quant à *malgré que,* je notais qu'il était du meilleur français à condition d'être employé avec le subjonctif du verbe avoir et dans une circonstance précise : *malgré qu'il en ait*. En ordonnant aux élèves de le remplacer par *bien que* et *quoique*, ces maîtres qui se croient puristes les incitaient à écrire *quoi qu'il en ait* ou *bien qu'il en ait* qui, eux, sont des solécismes. *Préférer que* est d'une parfaite innocence quand je dis : « Je préfère que vous restiez nue. » De même, *s'en rappeler* est inattaquable dans cette phrase : « De cette demeure, il ne se souvenait que confusément mais il finit par s'en rappeler quelques détails, le bleu des volets, l'inclinaison du toit et le son du heurtoir. »

Malgré que, préférer que, poursuivre un but, se baser sur, s'en rappeler sont d'un emploi délicat et parfois contestable mais leur mise hors la loi est d'une brutalité incompatible avec le sens du subtil qui entre pour une si grande part dans l'heureuse pratique d'une langue. Je concluais mon article de 57 en constatant que mes deux professeurs, dont les élèves étaient de futurs professeurs, risquaient de leur transmettre « un français amputé » que ceux-ci, à leur tour, transmettaient à leurs élèves.

A l'époque, je crus qu'en quelques lignes je m'étais débarrassé de la mauvaise humeur où ces censeurs patauds m'avaient mis. Mais assez régulièrement des lettres de lecteurs brandissant des *verboten* revinrent me titiller. Pour me débonder, il m'arriva de répondre. Je citerai le cas d'un « fervent lecteur » qui, après avoir beaucoup louangé mon dernier roman, ne résistait pas à la joie gourmande d'ajouter le post-scriptum que voici : « Deux remarques tatillonnes : page 222, vous dites de Mlle Beaunon : " Elle apprenait qu'on peut boire par chagrin et boire par liesse. " Mais ne le savait-elle pas déjà ? Page 169, en effet, Mlle Beaunon boit d'un trait un verre de porto " dans l'espoir que ce liquide qui l'avait aidée à supporter sa peine l'aiderait à supporter sa joie ". Page 236, vous notez : " Elle fixait son volant, son chemin (...). " Ne s'agit-il pas d'une ellipse abusive ? Puisque *fixer* signifie " arrêter, rendre fixe, invariable ". L'Académie ne donne que : " fixer ses yeux, sa vue, ses regards sur quelqu'un, sur quelque chose. " » Ayant gardé le double de ma réponse (17 juin 1983), je la transcris ici car elle prouve que mon irritation croissait : « Monsieur, je vous remercie des aimables compliments que vous voulez bien m'adresser à propos de mon dernier livre. Passons à vos critiques. Ce n'est pas tant que vous soyez tatillon... mais vous êtes un peu présomptueux. Comment pouvez-vous penser que j'écrive au petit bonheur! Les deux phrases qui concernent les relations de Mlle Beaunon avec l'alcool ne constituent pas une répétition puisque la première énonce un espoir et que la seconde constate la réalité d'un apprentissage. Quant à l'ellipse que vous me reprochez, vous auriez pu vous douter que je connaissais les discussions qu'elle a soulevées depuis Voltaire. Contestée au XIXe siècle, elle ne l'est plus aujourd'hui que par l'Académie française qui réprouve encore et le Larousse qui formule une réserve. Les grands grammairiens du XXe siècle non seulement admettent ce procédé d'écriture, mais le préconisent. Un mot ou une tournure acquiert droit de cité quand les plus grands écrivains l'emploient. Or, l'ellipse que vous me reprochez, il vous faudrait la reprocher aussi à Mauriac, Maurras, Green, Valéry, Proust, Morand, Giraudoux, Gracq, Marcel Aymé, Roger Martin du Gard, etc. Bref, ce n'est pas par mégarde, distraction ou laxisme que j'ai écrit “ elle fixait son volant... ”. Vous voici, j'espère, rassuré. »

Puis l'envie de répondre à mes Aristarque

me passa. Il m'arrivait même de leur chercher des excuses et de trouver dans leur vigilance malheureuse une preuve de l'intérêt louable en soi qu'ils portaient à la santé de leur langue maternelle. Pourtant, derrière mon silence impatient, se profilait peut-être le projet d'en finir avec les maniaques qui ne lisent un texte qu'avec l'espoir d'en surprendre l'auteur au moment où celui-ci tombe dans l'un des pièges dont, plus ou moins fortuitement, ils ont cru apprendre l'existence.

Ces gens confondent l'écriture avec l'un de ces paysages dont j'ai gardé la mémoire, celui du Vietnam en guerre où, en poussant une honnête barrière campagnarde, on ébranle un fil qui dégoupille une grenade logée comme un fruit dans le feuillage d'un arbrisseau; où, lorsque la végétation devient plus fournie, le pied risque de se poser dans un piège à loups dont les mâchoires empoisonnées sont vêtues de tiges et de feuillages; où, dès que le sentier aboutit à une route apparemment lisse et innocente, on est en droit de soupçonner sous la surface plane les flancs sombres d'une mine qui ne demande qu'à exploser selon le poids du marcheur ou du véhicule. Bref, l'écrivain n'oserait avancer que précédé par l'un de ces détecteurs que dans l'armée française on appelait « poêle à frire ». Peut-on créer en s'entourant de pareilles précautions? C'est la question que je finis par me poser.

Un article, quelques lettres, de nombreux mouvements d'humeur me parurent une réponse insuffisante. L'envie d'écrire un livre dont l'objectif serait de délivrer les auteurs et les lecteurs des camisoles de force où les enferme le purisme me venait donc tout doucement quand un bel et gentil article de Bertrand Poirot-Delpech me donna l'énergie de passer à l'action en traçant les grandes lignes d'un plan de bataille.

Le critique, après avoir prouvé son habituelle ouverture d'esprit à la chose littéraire, devenait tout à coup sectaire en matière de syntaxe. Il me reprochait d'avoir employé le futur après *si.* A l'époque, je n'avais pas l'occasion de m'entretenir avec lui le jeudi et ce fut en silence que je méditai ce grief dont je cherchais en vain le fondement car il est des cas où de toute évidence le futur s'impose après *si.* Par exemple : « Je ne sais pas s'il pleuvra demain. »

Qu'on ne m'objecte pas le tour négatif de ma proposition principale car voici une phrase de Zola qui est on ne peut plus affirmative : « Si la science laisse, si elle laissera toujours sans doute un domaine de plus en plus rétréci au mystère... », et voici un vers de Hugo : « Qui donc attendons-nous s'ils ne reviendront pas? »

Georges et Robert Le Bidois trouvent un autre exemple dans la prose bien calme et bien décente de Brunetière : « Car, si nous serons frappés d'abord des différences qui séparent l'un de l'autre, le poète des *Méditations* et celui des *Orientales,* elles s'expliquent sans doute par la différence de leur génie. » Ils découvrent aisément la présence d'une ellipse; Brunetière sous-entendait : « S'il est vrai que nous serons frappés... » Leur jugement final est ainsi formulé : « En réalité, cette combinaison de *si* et d'un futur, en même temps qu'elle constitue une épargne de mots, donne beaucoup de relief et de force à la phrase. » Or, c'était précisément en sous-entendant un « il est vrai » que j'avais écrit les deux phrases que Bertrand Poirot-Delpech citait pour les réprouver : « S'il écrira si vite *La Chartreuse* c'est que... », « Si dans ses romans il sacrifiera parfois au tragique... » C'est un plaisir de faire confiance à la syntaxe : en marge des règles fondamentales, elle sait donner des coups d'accélérateur ou ménager des clairs-obscurs.

A l'école, l'instituteur a raison de prohiber le conditionnel après *si* qui vient tout naturellement à la bouche d'enfants qui achèteraient des bonbons s'ils auraient des sous, pourtant c'est maîtriser une langue que d'apprendre à jouer avec elle. Voici un conditionnel de Molière qui est bien à sa place : « Si vous auriez de la répugnance à me voir votre belle-mère, je n'en aurais pas moins à vous voir mon beau-fils. »

Non seulement le conditionnel et le futur s'entendent avec *si* mais encore le futur antérieur, ce temps troublant où, situé dans le présent, on construit un futur qui par rapport à un autre futur plus éloigné devient du passé grâce à une alchimie précise et vertigineuse. Si la forme de l'État, écrit Faguet, « aura changé, son esprit subsistera, si son mécanisme aura été remanié, ses conditions, ses mœurs, on pourrait dire sa physiologie resteront sensiblement les mêmes ». En me remémorant les raisons qui me poussaient à écrire ce livre, je m'aperçois qu'il est déjà commencé et je connais à peu près sa direction.

Montherlant pensait que de la lecture des grands maîtres on devait surtout attendre une leçon de liberté; c'est cette leçon qu'on peut tirer aussi de la fréquentation affectueuse du français.

CHAPITRE II

Il était dit que je n'en finirais pas de scruter le cheminement qui m'a conduit à ce livre, car, ma décision ayant été prise, il fallut encore quelques incidents pour me pousser à attaquer le premier chapitre.

M'étant laissé aller à évoquer le projet qui me titillait, celui de donner au public les impressions d'un écrivain sur son outil, je fus encouragé par des interlocuteurs qui me prêtaient des intentions répressives. Pareils aux deux passants exaltés que je vis un jour harceler un contractuel pour lui signaler une voiture irrégulièrement rangée, ils me dénonçaient des infractions contre lesquelles j'étais invité à sévir. Parmi les énormités qu'on offrait à mes coups, je relevai *se baser sur* et *par contre.*

Comme je tentais de défendre le premier, lors d'un déjeuner qui avait commencé tranquillement dans un restaurant de Fez, on me rappela que s'il avait été accepté par l'Académie, elle avait fini par le rejeter. C'était vrai : pris de fureur, Royer-Collard avait sommé ses confrères effrayés de choisir entre cette tournure et lui; ceux-ci, sous la menace d'un éclat, avaient cédé. Soit. Mais sommes-nous condamnés à subir éternellement les humeurs de Royer-Collard?

– En tout cas, conclut Roger Peyrefitte qui, de tous, était le plus animé, tu ne vas tout de même pas tenter de défendre *par contre*!

Or, *par contre* se défend très bien tout seul. D'une construction normale, ce mot avait été condamné par Voltaire qui le croyait nouveau alors qu'il était né au XVIe et qu'il réapparaissait après un temps d'oubli comme il arrive souvent. Son jugement devait être confirmé par celui de Littré qui, ignorant peut-être les origines de *par contre*, le classa à tort dans le style commercial sous prétexte qu'il provenait de *par contre-envoi*. Commercial! Du coup, le mot était taré et Abel Hermant pouvait assurer que l'employer donnerait à croire que l'on parle dans une arrière-boutique. Des censeurs se sont ingéniés à proposer des termes qui ne demandaient qu'à remplir sainement l'office du pestiféré. Ils offrirent *contrairement,* d'un maniement lourd, et *au contraire* qui accusent tous deux la contradiction avec une excessive dureté, ou *en compensation* qui implique une appréciation d'où sort ridicule une phrase comme celle-ci : « Le polyphène et l'héracline gèlent à moins douze degrés, en compensation l'héracline n'entre en ébullition que par une température supérieure de vingt-cinq degrés à celle du polyphène. » On s'est rabattu sur *en revanche* qui présente le même inconvénient; Gide lui a réglé son compte grâce à un exemple décisif : « Oui, mon frère et mon mari sont revenus saufs de la guerre; en revanche, j'y ai perdu mes deux fils. » *Par contre* nous est nécessaire puisqu'il a un sens qu'aucun autre mot ne peut rendre avec exactitude et que les condamnations prononcées par Littré ne sont pas sans appel. J'essaierai bientôt de m'en expliquer, préférant d'abord en finir avec ce déjeuner de Fez.

– Pendant que tu y es, tu n'as plus qu'à accorder ta bénédiction à « on vous cause » et à « je me rappelle de lui », s'exclama Roger Peyrefitte, et ce sera complet!

Il se trouve que cet emploi de *se rappeler* constitue, pour ceux qui se piquent de maîtriser le langage, le crime parfait. Pour le premier, on est traduit en correctionnelle, pour le second, on finit aux assises. Tout se passe comme si quelques tournures et quelques mots avaient été choisis à peu de frais par des touristes, dans le dessein de prouver leur connaissance exhaustive du pays.

Je ne reviendrai pas sur l'emploi parfaitement régulier de *je m'en rappelle* que j'ai déjà signalé, car c'est bien du *je m'en rappelle* unanimement condamné par les grammairiens que je me plais maintenant à faire l'éloge. Je prétends qu'en écrivant *je me rappelle de toi,* je ne commets un crime que si l'on postule que le langage s'est pétrifié il y a un siècle ou deux. Si *se rappeler* et *se souvenir* remplissaient exactement la même mission, je pourrais admettre que l'on s'en tienne à user du second qui deviendrait le seul. Or, il se trouve que je ressens ces deux verbes comme des créatures assez proches pour qu'on confonde leurs silhouettes dans la pénombre, assez différentes pour que l'on apprécie bientôt la diversité de leurs traits. Tout à coup, parce que je passe devant le lycée Condorcet, la physionomie de ma classe de troisième surgit de ma mémoire, escortée par le visage de mon professeur et par le roulement du tambour annonçant la récréation. Je me suis souvenu. Un mouvement a parcouru le champ de ma conscience, qui n'était pas volontaire; il me surprenait en interrompant le cours de mes pensées qui dès lors se mobilisaient pour scruter mon adolescence.

Cette classe de troisième était venue se présenter à mon esprit sans s'annoncer; *souvenir* était étymologiquement fidèle au sens de *subvenire.* Dans un deuxième temps, au prix de quelques efforts, je retrouve l'emplacement de la classe de seconde située dans la même cour et, toute voisine, de la tanière où un surveillant général barbu et mélancolique compulsait nos dossiers; c'est en peinant que je retrouve enfin la classe de dessin, vaste, soutenue par des colonnes et gardée par la gravité de plâtres réunis pour un conciliabule muet derrière le dos du professeur. J'ai fini par me rappeler la classe de dessin.

Étant acquis que ces deux verbes, s'ils se ressemblent, ne doivent pas être confondus, on est en droit d'attendre qu'ils jouissent tous les deux de leur autonomie. Or, c'est le cas de *se souvenir* mais non de *se rappeler* qui ne peut pas fonctionner comme transitif direct avec *me, te, nous.* « Je ne m'en souvenais plus, mais tu as raison en effet et maintenant je me rappelle très bien de toi à Taormine, tu avais une robe rouge et nous nous étions regardés sans nous parler. » Voici une phrase qui est fautive pour les grammairiens mais ceux-ci conviennent qu'il est impossible de dire *je me te rappelle* ou *je te me rappelle,* qui respecteraient le règlement mais blesseraient l'habitude. La seule solution, qui est loin d'en être une, consiste à prohiber *se rappeler* dans ces occasions. En dépit de l'intérêt certain qu'il présente pour la bonne expression des idées et des sentiments, ce verbe est amputé; contrairement à *se souvenir,* on ne peut pas le pratiquer dans toutes les circonstances.

Cet amputé est la victime d'une cabale grammatico-mondaine à laquelle a échappé *se souvenir.* On oublie volontiers que celui-ci aurait pu constituer une faute de français quand, se ralliant aux manières du peuple, les gens de cour admirent que *je m'en souviens* se substituât à *il m'en souvient,* mais lorsque *je me rappelle* voulut user de la faculté possédée par *je me souviens* de se construire intransitivement, le barrage des tyrans de la syntaxe fut d'autant plus efficace que les gens du monde s'en mêlèrent. Par gens du monde j'entends ceux qui, croyant appartenir à une élite sociale assez vague et attribuant à celle-ci des pouvoirs culturels, sautent sur toute occasion facile de se distinguer du commun. Naguère, le « ne quittez pas, on vous cause » de la postière constituait un régal pour une bourgeoisie qui voyait dans cette expression plus encore l'aveu d'une mauvaise éducation que d'une instruction incomplète, et souriait avec condescendance tout en ignorant que Corneille manœuvrait *causer* avec la même liberté. L'automatisation du téléphone a privé l'élite de ce régal et elle a dû concentrer ses forces pour maintenir *se rappeler* dans son état d'invalide pensionné pour l'éternité par les personnes comme il faut.

Les grammairiens sont embarrassés mais aucun n'ose reconnaître que le roi est nu. Ils savent que l'usage est assez ancien pour que soient accordés à *se rappeler* les mêmes droits qu'à *se souvenir* mais, en cédant, ils craindraient d'enfreindre une règle de savoir-vivre.

Grevisse reconnaît que se *rappeler,* frauduleusement escorté d'un complément indirect, se rencontre fréquemment dans le langage parlé, qu'il échappe, pendant un entretien, à un grand écrivain « et même à un premier ministre qui improvise à la télévision ». Un écrivain, passe encore, mais un premier ministre issu de la haute bourgeoisie! Un autre grammairien cite le « Je n'ai jamais pu être l'ami de quelqu'un qui dit je m'en rappelle » prononcé par Henri Lavedan, en laissant entendre qu'aux yeux de cet écrivain distingué, la faute offensait moins la syntaxe que le bon ton. Un troisième grammairien l'avoue sans ambages : « Ce n'est pas une différence de sens, mais une différence d'éducation qui fait qu'on dit *je m'en rappelle* ou *je me le rappelle.* » Voici un quatrième grammairien qui se charge de préciser le corps du délit : « On disait autrefois : *il me souvient;* le peuple a dit : *je me souviens,* et la langue littéraire l'a répété après lui; aujourd'hui, la langue littéraire *se rappelle le* passé; la langue populaire *se rappelle du* passé. La langue littéraire doit-elle l'imiter? Non, jusqu'au jour où l'académicien lui-même, dans l'abandon de la conversation familière, aura dit : *Je m'en rappelle.* » Les Le Bidois tiennent à introduire une nuance : « Qu'on nous permette de changer quelques mots à cette conclusion : jusqu'au jour où l'académicien lui-même, non pas simplement dans l'abandon de la conversation familière, mais dans la pleine conscience de ses responsabilités d'écrivain, aura dit : *Je m'en rappelle.* » Un académicien isolé ne disposant d'aucune autorité sur la langue, celle qui lui est accordée par ces grammairiens est un geste mondain.

Si cette sombre affaire pouvait se contenter d'un dénouement aussi frivole j'étais tout prêt à me sacrifier en prononçant et même en écrivant la phrase infernale qui, parce qu'elle serait sortie de ma bouche ou de ma plume, aurait été reconnue innocente et digne de jouir en paix des droits qui lui avaient été refusés.

– Non, s'exclama Roger Peyrefitte à la fin du déjeuner de Fez, tu ne feras pas ça! Promets-moi que tu ne feras jamais une chose pareille!

Le plaisir de cet exploit devait m'échapper, car j'appris que j'avais été devancé par un académicien doublé d'un diplomate qui présentait toutes les garanties mondaines exigées par les Le Bidois. Il s'agit de Paul Claudel. Il tenait se *rappeler de* pour correct et même élégant. Puisque les grammairiens ont laissé cette querelle tourner à un problème de savoir-vivre qui ne pouvait se régler que dans le « monde », il est, me semble-t-il, réglé.

Que le langage ait le pouvoir de trahir les origines sociales, c'est évident; l'erreur était de choisir *s'en rappeler* comme point stratégique alors que *Messieudames* est un révélateur parfait. Ou encore, le « comment va votre dame? » populaire qu'un abîme sépare de « comment va votre femme? ». A vue de nez, il est divertissant qu'un abîme égal distingue « la dame de pique » du bridgeur de « la femme de pique » du joueur de belote.

Il y a quelques années j'aurais signalé le refus de *dont* qui dérange toujours les intuitions du parler populaire; le *ce que j'ai peur* ou le *ce que j'ai envie* m'avaient semblé là aussi d'éclatants révélateurs. Mais dans la même soirée j'ai entendu un avocat et un agrégé d'histoire employer ces formes en toute sérénité. Je ne peux plus les considérer comme des discriminateurs sociaux mais comme les signes d'un relâchement de l'esprit chez des gens qui ont précisément pour vocation l'exercice de l'esprit. J'en connais beaucoup qui ne ménageraient pas leurs forces pour exterminer *par contre* considéré comme un danger public et qui se sentent le cœur léger en parlant d'*un espèce d'analphabète.* Je n'approuve pas le laxisme. L'être de notre langue a besoin de défenseurs, mais il serait temps qu'on se décide à distinguer les vrais périls que court la langue de ceux qui sont cultivés par les fétichistes.

On serait déjà moins vétilleux si l'on remarquait que le plus légalement du monde nous parlons et nous écrivons sans tenir compte du sens des mots et sans respecter notre syntaxe. La syntaxe : *faire naufrage, perdre courage, demander grâce* ne sont jamais tenus pour des fautes, nul n'y songerait, alors que l'absence d'article trahit le recours à une langue médiévale encore marquée par le latin.

Le sens des mots dans *Les Hommes de bonne volonté,* Jerphanion qui participe à une campagne électorale en province est étonné par « des moitiés d'illettrés » qui s'expriment avec faconde. « Le mystère, c'est de savoir s'ils donnent un sens aux mots. On a envie de répondre non; mais ça n'est pas sûr. Mon avis, pour l'instant, est que chaque mot pris à part n'a pas de sens précis; mais il y a une tendance générale, une couleur du morceau. Un peu comme en musique. Mais cette musique-là, *mi* bémol ou *sol* dièse, ça se chante : “ les droits imprescriptibles du prolétariat rural ” ou “ la marche séculaire du progrès social dans la tolérance et la dignité ”. » Quand, sur un certain ton, je m'adresse à mon chat pour lui expliquer que c'est de la confiture que je mange, qu'il n'aime pas la confiture, donc qu'il perd son temps à quémander, il ne saisit le sens d'aucun mot, les sons que j'émets ne constituent pas un langage mais le chat est informé et, digne, s'éloigne.

De même, le sens des mots se dissout dans les locutions figées dont, indivisible, l'unité sémantique est reçue en bloc. Nous n'évoquons pas les animaux de la ferme quand nous annonçons un coq-à-l'âne; notre interlocuteur s'attend seulement à une rupture de notre discours.

Quand une locution est tout juste en train de se figer, qu'elle est fraîche encore, il arrive que, pour certains, les mots qui la composent conservent leur vigueur; jadis, je fus surpris par la gymnastique d'une compagne fortuite qui, interrogée, me répondit : « Tu vois bien, je prends mon pied », et le prenait en effet littéralement avec une naïveté qui dut lui passer en quelques mois. Une obsession peut produire le même effet. Une comédienne éprouvait pour les reptiles une horreur qui la jetait dans des convulsions; je savais que je devais me garder de lui montrer certaines images et de prononcer certains mots mais quand, à propos d'une copine dont elle critiquait l'ingratitude, je lui dis machinalement : « Tu avais réchauffé un serpent dans ton sein », je fus surpris de la voir saisir sa poitrine avec frénésie; elle se tordit et finit par s'évanouir. Son hystérie lui permettait de décomposer l'expression toute faite et de rendre à chaque terme sa charge ancienne.

Barthes, pour transformer la tragédie racinienne en mythe solaire, n'hésita pas à prendre les mots au pied de la lettre (« lumière », « éclat », « ardeur », etc.), tout comme Jules Lemaitre s'y était essayé quand il avait hasardé, lui aussi, un Racine solaire qui lui avait valu cette remontrance de Proust : « Mais en réalité il n'y a absolument rien de tout cela dans *Phèdre* ni dans *Bajazet*. Si, pour une raison quelconque, on met le mot Turquie dans un livre, si d'ailleurs on n'en a aucune idée, aucune impression, aucun désir, on ne peut pas dire que la Turquie soit dans ce livre. »

CHAPITRE III

L'ATTENTION du public est mobilisée contre les menus manquements à la règle qui se produisent quand celle-ci est par trop absurde ou vétilleuse.

On ne peut pas, d'une part vanter la logique de notre langue, d'autre part subir et même adorer ses inconséquences tel *chariot* réduit à une *r* et tous les autres dérivés de char munis de deux *r*. Une vingtaine de mots qui constituent des anomalies sont respectés apparemment pour leur ancienneté mais surtout parce qu'ils donnent aux entêtés qui ont perdu leur temps à en surveiller le maniement l'illusion de maîtriser la langue française. On connaît la dictée de Mérimée qui repose sur des malfaçons ou sur des différences ténues auxquelles on prête une valeur monumentale. Je veux bien que *cuissot* et *cuisseau* s'écrivent chacun à sa manière bien qu'ils désignent la même région de deux mammifères, le chevreuil et le veau, mais il me semble que Mérimée aurait mieux fait de négliger cette distinction entre le langage du boucher et celui du veneur, et d'éviter de prêter à l'une de ses héroïnes des « éclats de rire de crocodile » et d'en décrire une autre « mettant la main sur ses yeux comme ces oiseaux qui se rassurent ». Un cuissot et un cuisseau se ressemblent et pourraient s'accommoder de la même orthographe, mais il n'est guère courtois d'attribuer à une jolie jeune fille des pattes.

Elle est longue la liste des mots dont l'orthographe est contraire au bon sens.

Prenons pour exemple *chausse-trape*, qui signifie : une trappe qui chausse. De sorte que le loup qui s'y fait prendre se retrouve avec une patte cruellement chaussée. C'est sans doute à la suite d'une erreur due à l'ignorance de l'orthographe de *trappe* ou à un culte excessif de l'étymologie que l'un des deux *p* a disparu. Que cette gaffe n'ait jamais été rectifiée, que, les années passant, elle soit même devenue de plus en plus vénérable entraîne à une mise en cause des pouvoirs qui régissent le français. Dans une revue langagière, le seul argument que j'ai trouvé pour la défense de chausse-trape unipiste c'est que le mot figurait dans le Littré sous cet aspect. C'est exact, mais avec une mélancolie résignée où vibre une velléité d'indignation aussitôt étouffée par le respect dû aux puissances obscures qui nous gouvernent, Littré remarque : « *Trappe* s'écrivant avec deux *p*, on ne voit pas pourquoi, dans *chausse-trape,* il n'y en a qu'un. » Aujourd'hui, on pourrait lui répondre que si chausse-trape n'a qu'un *p* c'est parce qu'il ne lui en a pas accordé deux dans son dictionnaire.

Parmi les honnêtes gens que j'ai interrogés beaucoup ignoraient cette singularité; certains hésitaient à me croire ou encore se demandaient s'ils ne s'étaient pas trompés sur la signification de ce mot. Ces conversations se terminaient presque toujours par un mouvement de lassitude : on admettait que la logique n'avait pas à régner souveraine et que la force de l'usage pouvait justifier certaines aberrations.

Encore faudrait-il s'entendre sur l'usage. Quand l'aspect d'un mot est défendu par des spécialistes depuis fort longtemps on peut considérer qu'il bénéficie d'un « protectorat », mais on doit se garder d'invoquer l'usage. Et même les spécialistes qui se terrorisent mutuellement consentent à s'imposer un règlement qu'ils déplorent en murmurant : « *Trappe* s'écrivant avec deux *p* on ne voit pas pourquoi », etc. Quelques dictionnaires commencent à admettre les deux orthographes mais la lenteur de cette libération prouve l'acharnement des mauvais gardiens du langage. Qu'un subjonctif suive *après que*, c'est l'esprit du français qui est lésé parce que, du coup, la valeur subtile de ce mode est anéantie. J'appelle mauvais gardiens ceux qui préfèrent la défense de petites anomalies à celle du corps de la syntaxe.

CHAPITRE IV

Il me paraîtrait difficile de poursuivre mes propos sans répondre à la question qui vient d'être indirectement soulevée : comment utiliser le Littré?

Étant entendu que ce dictionnaire est le monument le plus exact, le plus somptueux qu'un homme ait jamais élevé à la gloire et au service d'une langue, il est urgent de remarquer tout aussitôt que Littré n'a jamais prétendu qu'à fournir l'historique d'un mot et à en indiquer les sens et l'emploi qu'il jugeait licites au moment où il écrivait. Il n'a jamais cru que le mouvement du français qu'il avait rendu avec une amoureuse minutie devait cesser après la publication du dictionnaire. Il ne serait donc pas surpris, aujourd'hui, de la sévérité avec laquelle nous devons condamner ses jugements quand, justes au XIXe, ils sont erronés au XXe.

Un exemple me dispensera d'un discours. Voici l'article *dévisager* dans le dictionnaire Littré : « 1. Déchirer le visage avec les ongles ou les griffes. Prenez garde de vous faire dévisager par ce chat. Je vais chercher le chevalier, madame, et je le dévisage si je le trouve, DANCOURT, *Chevalier à la mode.* Vous n'entrerez pas, monsieur, je vous assure; je ne souffrirai pas que vous alliez vous faire dévisager, LESAGE, *Crispin rival.* – *Fig.* Je ne suis point du tout pour ces prudes sauvages Dont l'honneur est armé de griffes et de dents Et veut au moindre mot dévisager les gens, MOLIÈRE, *Tartuffe.* Mais sa muse (de Boileau) a toujours quelque malignité, Et, vous caressant d'un côté, Vous dévisagerait de l'autre, CHAULIEU, *Ep. d'Hamilton.* 2. *Populairement.* Dévisager quelqu'un, faire effort pour reconnaître les traits de quelqu'un. Il était là à me dévisager, j'étais pourtant bien sûr de ne le pas connaître. 3. Se dévisager, v. réfl. Se déchirer le visage l'un à l'autre. Ces deux furies se sont dévisagées. – *Populairement.* Chercher à se reconnaître l'un l'autre. »

C'est clair : Littré donnait à *dévisager* un

sens qui nous est devenu étranger au point que nous croirions à une coquille si nous lisions dans un journal qu'une amante passionnée est jugée aux assises, accusée d'avoir dévisagé sa rivale. Et c'est l'acception que Littré qualifie de populaire qui, pour nous, est la bonne, et la seule bonne. Qui s'obstinerait à employer ce verbe dans le sens qu'en son temps Littré lui prêtait serait risible, mais l'est tout autant, à mes yeux, le puriste qui emprisonne *par contre* dans le style commercial parce que Littré, il y a un siècle, en décida ainsi. Bref, il est bon et même délicieux de consulter le Littré si auparavant on a pris la ferme résolution de ne jamais tenir ses jugements pour définitifs.

Je voulais me limiter à un seul exemple qui fût décisif, mais d'autres me tentent parce qu'ils diffèrent en certains points du précédent. *Fruste,* dans le Littré, qualifie des pièces de monnaie usées par le temps, des colonnes que l'âge a polies, des coquillages dont les stries et les cannelures ont été effacées par la durée, un style de poésie qui porte la marque d'une haute antiquité. C'est dans ce sens que j'ai employé ce mot pendant longtemps. Force me fut de constater que presque tous mes lecteurs comprenaient le contraire de ce que je voulais exprimer. Contaminé par sa ressemblance avec *rustre,* il a fini par s'appliquer à ce qui est rude et grossier. Si mon héroïne caresse du bout des doigts les cannelures frustes d'un pilier, le public ressentira une impression rugueuse alors que j'aurai voulu la lui fournir tendre. Dès lors, on a le choix entre s'incliner – ce que je fais – ou s'obstiner en se condamnant à être entendu de travers. Littré n'avait pas tort mais, par leur nombre, les locuteurs et les écrivains qui ont introduit un non-sens dans la langue ont gagné la partie et la sagesse veut qu'on s'en accommode. Pour ma part, j'ai renoncé à employer *fruste,* n'ayant aucune envie de conduire une croisade qui se proposerait de le rétablir dans ses droits anciens, car elle serait perdue d'avance.

On sait que certains prennent un sombre plaisir à conduire des barouds d'honneur où ils prouvent l'héroïsme de leur solitude et cherchent le droit de mépriser les coupables qui les entourent. Ils sont coupables ceux qui, sans motif apparent, pervertissent le sens d'un mot, mais la prescription ne saurait être limitée au domaine juridique; celui qui parle ou même qui écrit mérite de bénéficier de ses effets. Et leur erreur deviendra vérité.

Si je disais à ma secrétaire qu'elle a des yeux *glauques* elle serait toute prête à me dévisager (selon Littré), parce que cet adjectif qui désigne un beau vert mêlé de bleu en est venu à refléter des impressions troubles, fangeuses et inquiétantes. Qui oserait se baigner dans un étang glauque? Je suppose que la proximité phonétique de *glaire,* de *gluant* est la seule cause de cette mutation que je déplore tout en lui accordant l'amnistie.

Sans doute *glabre* a-t-il été victime lui aussi de ses mauvaises fréquentations phonétiques. Alors que cet adjectif veut dire tout simplement imberbe ou rasé de près, il signifie patibulaire pour la quasi-totalité de nos contemporains. Cette perversion est déjà ancienne; enfant, quand je voyais apparaître, dans l'un de ces romans à cinq sous dont je me régalais, un individu au visage glabre, aux yeux glauques suivi de ses deux acolytes, je savais que j'avais affaire à de dangereux malfaiteurs. Comment *acolyte* qui désignait le clerc dont l'office est de porter les cierges, de préparer le feu, l'encensoir, le vin et l'eau et de servir le prêtre à l'autel a-t-il fini par s'appliquer aux complices d'un bandit? Sans doute au XVIIe l'esprit de raillerie anticléricale qui a toujours rôdé dans beaucoup de cerveaux français s'est-il plu à déprécier ce mot en l'appliquant plaisamment aux compagnons d'un personnage, et peu à peu, celui-ci étant devenu un forban, ses compagnons sont devenus ses complices. Qu'y puis-je... Il serait déraisonnable de demander à la rivière de remonter à sa source.

Longtemps il m'arriva d'employer *énerver* dans son acception stricte, donc pour rendre un affaiblissement qui, au propre, est provoqué par l'ablation des nerfs et, au figuré, par une diminution de l'énergie. Flaubert en usait encore ainsi quand il écrivait : « Mais, en route, le bercement du fiacre et la chaleur du soleil matinal l'énervèrent. Son énergie était retombée. » Aujourd'hui, ce mot désigne couramment l'excitation, l'exaspération, donc un état opposé à celui que la langue classique entendait rendre. Inutile de poursuivre un combat sans issue. Je le regrette parce que le premier *énerver* ne peut pas être remplacé par un synonyme tout à fait satisfaisant mais, souhaitant être compris d'une part et d'autre part ne consentant pas à trahir ce mot, je renonce à l'employer.

J'aime bien *avérer* transitif direct dans un sens voisin de vérifier, de prouver, mais le lecteur a peu à peu perdu la pratique de cette forme qui le déconcerte et la défendre héroïquement serait assez oiseux. Cependant, le participe passé est accepté par nos contemporains sans difficulté. Stendhal écrivait : « Il fut bientôt avéré que les Français ne guillotinaient personne », et l'on pourrait écrire cette phrase de nos jours sans troubler le public. C'est *s'avérer* qui pose un problème empoisonnant. Cette forme est récente; elle ne figure pas dans le Littré et je me demande quels maladroits l'ont introduite ou réintroduite dans l'usage, car elle a entraîné ce verbe à sa perte. Alors que *s'avérer* devrait signifier « se faire reconnaître pour vrai », l'obscur génie qui ne demande qu'à pervertir la langue a décidé d'en faire un synonyme de *se révéler,* de sorte que de bons auteurs n'hésitent pas à écrire qu' « une hypothèse s'est avérée fausse » et que s'*avérer* employé stupidement supplante *se révéler* en vertu d'une loi analogue à celle qui constate que la mauvaise monnaie chasse la bonne.

Dans les années cinquante, la jeunesse qui fréquentait les ciné-clubs tentait d'acclimater *c'est terrible* dans le sens de « c'est merveilleux ». Ce qui avait réussi avec *formidable,* qui a définitivement perdu son ancien pouvoir, a échoué avec *terrible.* On peut seulement se demander pourquoi les Français, livrés à eux-mêmes, éprouvent le besoin de confondre la peur et l'admiration.

Génial et *débile* utilisés à tort sans nécessité demeurent dans le langage parlé. Se borner à éviter leur irruption dans le langage écrit. *Évident* employé négativement a pris le sens de « difficile ». Exemple : « Gravir l'Éverest en plein hiver ce n'est pas évident. » Tout se passe comme si le mot juste, parce qu'il est trop juste, soulevait le cœur des jeunes qui, pressés de s'approprier la langue en la modifiant pour le plaisir, la saccagent innocemment – imités aussitôt par les moins jeunes – et réussissent à la fois à exterminer *difficile* et à faire oublier la portée pourtant unique et irremplaçable d'*évident.* Voilà un cas où le laxisme serait insupportable. Par la radio et la télévision, à travers les colloques et les interviews, *ce n'est pas évident*, qui est un danger public, risque actuellement de passer dans l'écriture et certains dictionnaires, s'ils ne l'ont pas encore fait, sont sur le point de l'avaliser. Il n'est pas trop tard pour tenter, en la ridiculisant, d'éliminer cette impardonnable nouveauté. Moralité de cet examen : il y a du neuf utile et (ou) agréable et du neuf qui est malheureux.

Instinctivement, chaque génération veut apposer sa marque sur son époque, proclamer son existence et son pouvoir; les vieux, au contraire, considèrent tout nouveau mot ou même tout sens nouveau accordé à un terme ancien comme des agressions qui visent à les expulser du monde auquel ils sont habitués, à les exiler avant de les effacer. Ils freinent avec ressentiment alors que les jeunes accélèrent en toute gaieté, d'où le conflit d'une résistance et d'un mouvement qui pourrait aboutir à un heureux équilibre.

CHAPITRE V

L'ENVAHISSEMENT de notre vocabulaire par celui des Anglais, le plus souvent des Américains, et à l'occasion par des mots angloïdes, inventés par des Français à qui le français ne plaisait pas, appelle peut-être un jugement de la même sorte.

Il me paraît difficile d'empêcher les scientifiques de recourir à des termes qui sont entendus par leurs collègues sur toute la surface de la terre. Ayant naguère publié un roman auquel j'avais donné pour titre une expression mathématique assez récente, *Les Sous-ensembles flous,* parce que j'avais été surpris que des savants se laissassent tenter par un adjectif littéraire, je reçus de Montpellier une revue qui portait le même titre que mon livre, sans doute à meilleur escient car elle était rédigée par des mathématiciens. Ceux-ci avaient pris le parti, souhaitant une audience internationale, de faire alterner des articles en français et en anglais. A mon grand regret, je ne peux pas leur donner tort.

Pourtant, j'ai été heureux que *libre-service* se substituât enfin à un *self-service* qu'expliquait seulement l'état d'esprit de ceux de mes compatriotes qui tiennent pour humiliant de s'exprimer dans une langue maternelle a priori désuète et sont tout glorieux de donner à croire qu'ils maîtrisent une langue à la mode. Dans de grands hôtels à Lisbonne et à Athènes, j'ai suivi les efforts de Français qui, à la réception, exposaient leur cas en anglais alors que le personnel ne demandait qu'à les entendre dans leur propre langue. Dans des rencontres internationales équipées d'un dispositif de traduction simultanée, un de nos plus fameux historiens préfère s'exprimer en anglais et s'en vante. Grand bien lui fasse!

Quand Hollywood triomphait, le vocabulaire du cinéma s'est bêtement laissé envahir par les termes américains, le mal est fait et il n'est pas bien grave puisqu'il n'affecte qu'un milieu limité. *Book* aussi n'est utilisé que dans un milieu restreint et ne risque pas de supplanter « livre ». *Soft* et *hard* donnent un plaisir que je trouve navrant à ceux qui les emploient mais ces deux nouveautés ne se substituent qu'exceptionnellement à « doux » et à « dur ».

Le phénomène auquel nous assistons repose sur l'embourgeoisement et parfois la prolétarisation d'un penchant qui date de loin. Le roi était appelé *king* par Stendhal. La bonne société de la Belle Époque et de l'entre-deux-guerres anglicisait avec ravissement. Dans les aventures d'Arsène Lupin, lorsque le grand monde est dépeint, les mots anglais affluent dont la plupart ont disparu sans que leur visite nous ait causé le moindre tort. Ainsi en est-il des garden-parties...

Certains sont restés et ont obtenu leur naturalisation. Dans un café je commande un *sandwich* parce que je perdrais trop de temps à décrire cet assemblage architecturé de pain, de beurre et de jambon que Colette appelait un « wagon ». Quand j'ai besoin de shampooing je préfère le dire tout crûment à mon pharmacien plutôt que de lui demander une bouteille d'un savon liquide et moussant destiné à laver mes cheveux. Cependant, je souhaiterais que les mots latins, qui, eux, habitent chez nous depuis beaucoup plus longtemps, bénéficient du même statut typographique que le sandwich ou le shampooing. Or, il y a quelques jours, il m'est arrivé de trouver un « curriculum vitae » que l'italique isolait encore du texte.

Je suis enclin à axer ma sévérité sur une tendance qui s'accentue, celle qui consiste à adopter des tournures syntaxiques étrangères, telle *sincèrement vôtre.* Yves Berger a vu et dénoncé l'affaiblissement de la prose dont il a donné quelques exemples auxquels tout écrivain et tout amateur doivent être sensibles. Il constate d'abord l'invasion des adverbes qui est inspirée par la facilité avec laquelle les Anglo-Américains les fabriquent selon un génie qui est le contraire du nôtre. Puis il dénonce un recours de plus en plus fréquent à la forme passive dont l'excès qui nous vient également de l'Ouest nous incite à préférer au chat qui mange la souris la souris qui est mangée par le chat. Enfin, l'abus du gérondif cher à nos voisins pousse à écrire « ceux se déroulant dans... » plutôt que « ceux qui se déroulent dans... ». Beau résultat !

Il est vrai que cette peur de répéter les *qui* et les *que* en montrant la charpente, les articulations – intelligence du discours – est aussi le résultat du travail des censeurs qui, croyant voir des lourdeurs là où triomphe le solide, veulent qu'on allège, qu'on simplifie, qu'on épure, qu'on abrège, croyant se conduire en cartésiens et n'ayant guère lu Descartes, ni Saint-Simon, ni Proust. Ni Laclos qui, parce qu'il écrit en sain français écrit : « Tout monstre que vous croyez que je suis. » De quoi révolter tous nos surveillants généraux.

Me hérisse, et presque au sens littéral, une mode venue d'Angleterre qui est en passe de devenir un usage : aussi bien dans un texte dactylographié que dans un journal ou une revue, un livre, voire un livre luxueux, l'alinéa n'est plus marqué par un retrait de la ligne suivante et risque donc de passer inaperçu si la ligne qui précède est entièrement occupée par le texte. Pour pallier ce grave inconvénient, certains imprimeurs placent un blanc entre chaque paragraphe et l'on a l'impression de lire un poème en prose. Dans les deux cas, le résultat est une absurdité. Le résultat de quoi? Le résultat de l'absurdité avec laquelle nous imitons de plus en plus couramment une absurdité britannique.

Pour en revenir à la pénétration de notre vocabulaire par les mots anglais et en finir avec elle, je choisirai l'expression *négocier un virage* qui vient en effet d'outre-Manche. Ceux qui la condamnent croient qu'elle s'est substituée *à prendre un virage*. Tout conducteur sait qu'il y a une différence entre le *prendre* ou le *négocier*, ce virage, car dans le premier cas on le réussit sans lui prêter attention, tout à son aise, dans le second, selon l'excellente définition de Robert, on manœuvre de manière à bien le prendre à grande vitesse. *Négocier* employé dans ce sens nous manquait. Il mérite que nous l'accueillions avec satisfaction. Autrement dit : l'entrée de tout vocable étranger dans notre écriture et notre parler pose un cas singulier.

Ceux qui craignent le déferlement de l'anglo-saxon devraient se garder de condamner l'apparition de nouveaux mots français ou de nouveaux sens. Les écrivains et le public n'usent pas assez du droit que possède chacun de lancer, comme Diderot, des néologismes. En outre, l'argot ne demanderait qu'à être mis à contribution. Je me réjouis que l'Académie ait admis *braquage*. Le succès remporté par la locution *être au parfum* montre que les amateurs de neuf ne sont pas seulement aimantés par des termes étrangers à notre langue.

L'argot est mû par une volonté presque religieuse d'abaisser, d'avilir, de tourner en dérision qui, lorsqu'on l'absorbe à l'état pur, est nauséabonde mais équilibre les tendances nobles de la langue française quand on ne fait appel à lui qu'avec retenue. Ainsi Pascal recourait-il à la fois à Épictète et à Montaigne – Épictète sensible à la dignité de l'homme, Montaigne sensible à sa corruption – pour concilier ces mouvements contraires dans le christianisme.

CHAPITRE VI

IL est des querelles d'orthographe où Littré est injustement compromis quand on se réfère à lui pour trancher le débat. J'ai déjà dénoncé cet abus à propos de *chausse-trape* dont il constatait la forme pour la déplorer aussitôt. Il en est de même pour la plupart des petites monstruosités que nous nous obstinons à sanctifier. *Chariot* se présente avec une seul *r* dans le dictionnaire Littré mais l'auteur ajoute : « Tous les dérivés de *char* : charrette, charretier, charrier, charroi, charron, charrue, prenant deux *r*, chariot est le seul qui n'en a qu'une; c'est une irrégularité qui est sans raison, et qui dès lors complique inutilement l'orthographe. L'Académie fera bien de rétablir la régularité; d'autant plus que dans les livres imprimés au XVIIe siècle, *chariot* a souvent deux *r*. »

Il ne met qu'une *m* à *bonhomie* mais condamne cette pratique : « L'Académie devrait écrire *bonhomie* par deux *m* comme on écrit *bonhomme,* ou écrire *home* et *bonhome,* comme l'étymologie l'indique et comme on faisait dans l'ancienne langue. » A propos d'*imbécile,* il réagit aussi vivement : « Jusqu'à sa dernière édition, l'Académie avait écrit *imbécille,* conformément à l'étymologie. La suppression d'une *l* dans ce mot est d'autant plus surprenante qu'on en met deux dans le substantif imbécillité. » Pour chacune de ces difformités, Littré recourt au même procédé : il entérine une orthographe qu'il juge coupable et se borne à une impuissante protestation.

Pour *persifler* : « Ce mot, composé avec *siffler,* devrait s'écrire comme *siffler.* » Une seule fois, l'indignation donne à Littré l'audace de passer à l'action; au lieu de s'incliner, comme d'habitude, en espérant que le bon sens finira par l'emporter, il orthographie *innomé* avec deux *m* et justifie sa décision d'un ton agressif : « L'Académie écrit *innomé* par une seule *m*; c'est une faute, le mot venant de *nommer.* » Ce trait d'audace confinant à la témérité est couronné par une demi-victoire puisque, si le Larousse présente *innomé* avec une seule *m*, il ajoute : on écrit aussi *innommé*. Et le Robert propose les deux orthographes.

Quand Georgin reconnut qu'il y a dans notre langue « des exceptions, des bizarreries, des anomalies difficilement défendables », tout donne à penser qu'il faisait allusion à ces petits Quasimodo dont nous venons de nous occuper. Ils sont peut-être « difficilement défendables », mais ils sont si bien défendus qu'on peut les considérer comme inattaquables. C'est tout avantage pour Mérimée, mais je vois mal en quoi le français serait lésé, nivelé, desséché parce qu'il se débarrasserait de particularités déraisonnables, inutiles et dépourvues de la moindre beauté, laides au contraire.

Or, ces dernières années, depuis le premier Championnat de France d'orthographe, soutenu par la télévision, hebdomadaires et quotidiens convient leurs lecteurs à des dictées dont le but est de confondre la connaissance exhaustive des petites embûches que recèle notre langue et la bonne pratique de celle-ci. Ces dictées ont été recueillies en un petit livre dont la méthode consiste à présenter d'abord le texte fautif puis le texte corrigé. Au début du deuxième paragraphe de la première dictée, voici une phrase dans son état fautif : « Grâce à son engouement, la ville de Franche-Comté qui l'avait encouragé, s'était alors octroyé un budget spécial destiné à la fondation d'une maison d'enthomologie, mi museum, mi laboratoire. » La présence d'une *h* gâte en effet le mot entomologie mais le délit est véniel, ce terme appartenant à un vocabulaire de spécialistes et la plupart d'entre nous ayant perdu un peu de leur grec. En revanche, la construction est impardonnable. Elle donne à comprendre que c'est la ville de Franche-Comté qui s'est engouée puis qui a encouragé son propre engouement, alors qu'il s'agit d'un sportif dont le premier paragraphe nous a appris qu'il se passionnait pour les insectes. Pour saisir ce que le rédacteur de ce texte souhaitait énoncer, il a fallu que je remonte au-dessus de l'alinéa. De même, on peut tomber dans l'encyclopédie Larousse sur : « Amnistié en 1821, Louis-Philippe lui rendit sa dignité de maréchal en 1831. » En fait, ce n'est pas Louis-Philippe qui est amnistié, c'est Grouchy. Ce genre d'anacoluthe est excusable et même louable à l'occasion quand le sens est reçu sans ambiguïté mais il est affreux dès que le lecteur risque de s'égarer et de se perdre. Que le langage ait pour but premier d'établir une communication devrait être considéré comme une lapalissade. Il faut croire que non puisque le purisme nous offre pour modèle une phrase dont le sens est sujet à caution et nous dénonce comme une faute la présence d'une *h* intempestive. La dictée se poursuit en égrenant les fautes que peuvent offrir les hyménoptères, les tenthrèdes, les archiptères et les anophèles, mais la connaissance de ces insectes, de leur anatomie, de leurs mœurs et de la pédante manière dont leurs noms s'écrivent est affaire de scientifiques et seuls ceux-ci seraient à blâmer s'ils étaient victimes d'une défaillance orthographique. Quant aux autres, ils n'ont pas à se servir de ces mots et se trouvent donc hors de danger sauf s'ils sont assez désœuvrés pour se soumettre aux impératifs de la dictée que j'ai sous les yeux.

Un honnête homme n'est pas tenu de savoir le sens et l'écriture de tous les mots qui emplissent le Larousse, le Robert et le Littré. Ceux-ci font d'ailleurs preuve d'arbitraire dans la place qu'ils accordent à leurs petites prédilections. Ils préfèrent l'entomologie et la botanique à la philosophie. Si, dans le Littré, on s'amuse à chercher les mots savants qui ont été employés à partir d'*hymen* que « membrane » aurait remplacé avec clarté, on ne trouve pas seulement *hyménoptère* mais quinze représentants du vocabulaire des médecins moliéresques qui se suivent en bon ordre, d'hyménélytre, d'hyménion à hyménocarpe et pour finir d'hyménorrhize à hyménothécien. Je signale cette colonne du Littré aux auteurs de dictées et à leurs émules : un festin. Pour peu qu'on ait deux heures à perdre, on apprendra à placer correctement les *h*, les *y* et les *z*. C'est tout ce qu'on vous demande en effet, car vous n'êtes pas tenus d'en saisir le sens. L'orthographe, bien qu'une faute d'*orthographie* l'ait produite, est un absolu qui se suffit à soi-même et n'a de comptes à rendre à personne.

Le sens m'importe assez pour que je condamne la complaisance des dictionnaires à l'égard du langage scientifique et la sévérité qu'ils montrent face au langage philosophique. Il m'arriva dans un article d'employer *apophantique*. Le directeur de la revue me téléphona, un peu inquiet; il avait scruté en vain tous ses dictionnaires. Deux lecteurs m'écrivirent, également perplexes. Il aurait fallu qu'ils consultassent, pour être renseignés, le *Vocabulaire de philosophie* de Lalande. J'avais eu tort de recourir à un terme de spécialistes mais les dictionnaires n'ont-ils pas tort de laisser, vêtus en grecs, les insectes et les plantes envahir leurs colonnes alors qu'ils interdisent à *apophantique* de monter à bord? Ce terme s'applique, parmi les énoncés verbaux ayant un sens, à ceux qui peuvent être dits, vrais ou faux, par opposition à un souhait, une prière, une exclamation et même une fiction. C'était parce que je voulais distinguer du roman, le roman historique, que, pour qualifier celui-ci, j'avais recouru imprudemment à ce mot qui présentait l'avantage d'abréger mon propos. Je cherchais en effet à signaler une différence capitale qui tient en ceci : Flaubert ne peut être convaincu d'erreur quand il affirme que Madame Bovary avait lu *Paul et Virginie,* alors que si Dumas expédie Richelieu au siège de La Rochelle il doit être sûr de son fait sinon il risque un démenti. Bref, le roman n'est pas apophantique, le roman historique l'est. Si utile qu'il soit, cet adjectif est négligé par des dictionnaires qui se soumettent pourtant à la faconde hellénisante des savants, notamment des linguistes, des rhétoriciens, des biologistes et des médecins.

Ces derniers considèrent que le grec fait plus chic que le latin – ne parlons même pas du français –, et c'est ainsi que les oculistes de ma jeunesse sont devenus des ophtalmologues ou, à votre choix, des ophtalmologistes. Il est vrai que le latin suffit parfois aux laboratoires pharmaceutiques pour rendre leurs notices d'emploi inintelligibles au vulgaire. A la place de *bouche,* trop connue, on recourt à la « voie buccale », ou « orale » et le tour est réussi. Quand *soporifique* et *somnifère* sont familiers au grand public, alors on fait donner le grec avec « hypnotique » qui laisse perplexe le consommateur non averti. Et l'on substitue « posologie » à *mode d'emploi.*

Le plus grave c'est que nombre de nos concitoyens croient user d'un beau parler quand ils recourent à cette langue. Au comptoir d'un petit café, j'ai entendu un brave homme vanter les vertus d'un médicament vainqueur de la grippe. Il ajoutait :

– Et il est pratique. On le prend par la voie buccale.

Dans le même café, il est fréquent que les consommateurs prônent les qualités « technologiques » de leurs véhicules respectifs.

Le suffixe *logie* emporte actuellement tous les suffrages. Il n'est plus une voiture ni une machine à coudre dont les fabricants ne proclament la haute technologie, entraînant avec eux les journalistes et les clients. Ce qui revient à énoncer que la machine en question étudie les procédés de la technique. Cette faute est d'une stupidité ignoble mais elle n'encourt aucune foudre : elle n'est pas une faute d'orthographe.

L'orthographe a pris une importance croissante à mesure que, par l'imprimerie et l'école, l'écrit a imposé son joug à l'oral. Vaugelas avait été le témoin d'un changement de prononciation qui était dû au respect de l'écriture. Il avait connu l'époque où l'on écrivait *arbre* et *marbre* tout en prononçant, par souci de l'euphonie, *abre* et *mabre,* puis celle où le *r* issu de l'encre avait surgi dans la voix. Et il s'inquiétait du sort de *mercredi* qui se prononçait *mecredi*; il craignait que si l'on maintenait cette orthographe la prononciation traditionnelle qu'il tenait pour bonne fût altérée et qu'on en vînt à dire *mercredi* comme on l'écrivait. Il concluait : « La plus saine opinion et le meilleur usage est donc non seulement de prononcer, mais aussi d'écrire *mecredi* sans *r* et non pas *mercredi.* » La prévision de Vaugelas s'est accomplie et, l'écriture n'ayant pas varié, nous nous sommes soumis à elle en parlant. Il y a peut-être encore au fond des campagnes quelques *mecredis* qui, prononcés par de vieux payans, donnent à sourire aux jeunes gens qui croient entendre du patois. L'autre soir, un comédien du Théâtre-Français lança un sonore *dompteur* où le *p* vibrait avec autorité alors que l'usage voulait qu'on le celât, tout de même qu'il était habituel de laisser tomber le *c* et le *t* d'*exact*, le *s* de *mœurs* et que l'on en viendra à dire des *os* en marquant le *s* final, comme on en est venu à prononcer fils en en respectant toutes les lettres. Quant à notre poésie, elle semble avoir été conçue pour l'usage du typographe et du lecteur et, adolescent, j'avais la crainte, lorsque je me récitais du Baudelaire, d'être le seul à m'affliger que *Vénus* rimât avec *nus*.

Les fautes d'orthographe m'inspirent parfois de la sympathie, même de la tendresse.

En classe de troisième, je traitais encore *automne* comme un mot féminin. Aujourd'hui, je fais toujours un effort pour masculiniser ce mot qui reste féminin en moi et je dois parfois corriger un texte que j'ai écrit en oubliant de me surveiller. Mon professeur de troisième ne s'était pas borné à châtier à l'encre rouge ma faute d'orthographe, il l'avait citée à mes camarades comme un exemple des sottises auxquelles peut conduire le manque de réflexion : n'aurais-je pas pu me rappeler que le substantif latin *autumnus* n'était pas féminin et que d'ailleurs, en français, tous les noms de saisons sont masculins? Je serais toujours resté persuadé qu'une perversion subjective m'entraînait seul à féminiser ce mot si, feuilletant mon Littré, mon regard ne s'était arrêté puis attardé sur *automne.* Après avoir constaté que des grammairiens essayaient d'établir des règles entre l'emploi du masculin et celui du féminin, Littré conclut : « Mais il n'y a aucun mal à ce qu'un mot reste des deux genres puisque, par le fait, il est ainsi. » La faute pour laquelle je fus blâmé n'existait encore pas en 1882, date d'édition de ce volume du dictionnaire.

On prétend que le manuscrit des *Liaisons dangereuses* foisonne de fautes d'orthographe et il est bon, en ce cas, que l'éditeur les ait corrigées. Il aurait été meilleur que, dans la foulée, il supprimât aussi les majuscules dont la présence incessante m'irrite davantage à chaque nouvelle lecture. Il y a le Village, la Lettre, la Beauté, les Chasseurs, le Domestique, les Ouvrières, le Cordonnier... Presque à chaque page je me sens provoqué et éveillé en sursaut alors que j'étais en train de savourer et d'admirer. A tort, bien sûr, je prends pendant une seconde ce grand et bel esprit pour un niais. Je préférerais lire « le cordonier » plutôt que « le Cordonnier ».

Rien ne m'interdit d'espérer que le jour viendra où les automnes délicieuses de Madame de Sévigné auront de nouveau cours. Ces fluctuations se produisent parfois et témoignent d'un génie opiniâtre de la langue. Mon professeur de troisième – toujours lui! – condamnait l'emploi de *vite* comme épithète. « Le coureur le plus vite du monde » lui semblait appartenir à un vocabulaire de chroniqueur sportif. En effet, *vite*, depuis bien longtemps, n'était plus employé que comme adverbe lorsque, au début de ce siècle, il apparut transformé en adjectif dans les pages sportives des journaux. Or, Descartes, Bossuet, Racine, tout le monde avait tenu *vite* pour un adjectif. Son apparition au XXᵉ siècle était un retour. Aujourd'hui, il semble décliner mais tout nous permet de reprendre rendez-vous avec lui si nous nous gardons de préciser la date.

Sans doute Stendhal est-il le seul à avoir employé *ayable* pour désigner une beauté qu'il désirait mais il y a longtemps qu'un homme, s'il est indiscret ou même hâbleur, peut assurer d'une femme qu'il l'a *eue* ou qu'il l'a *baisée, prise, possédée.* Or, ce style macho, les femmes le respectent elles-mêmes quand elles se plaignent d'avoir été baisées par une annonce, eues par une pub, possédées à fond par un démonstrateur d'appareils ménagers ou de s'être laissé prendre par les promesses d'une crème de jouvence. L'époque de *Séduite et abandonnée* semble révolue, mais dans les souterrains du langage rôde toujours, échappant à tout contrôle, une certaine notion de l'acte sexuel.

L'instinct d'une langue et même de ses descendantes peut se maintenir vivant pendant des millénaires. *Delirare*, après avoir signifié « sortir du sillon », trouva un sens figuré dans « délirer »; ainsi, *dérailler*, après avoir signifié seulement « sortir des rails », devait aboutir à une notion équivalente, la première image étant née dans une société campagnarde, la seconde dans une société ferroviaire. A signaler, en passant, que Littré écrit dérailler par une seule *l*.

CHAPITRE VII

STEVENSON tenait « dormir à la belle étoile » pour un des plus beaux moments de la prose française. Aucun écrivain, à ma connaissance, n'est l'auteur de cette petite merveille qui doit sa vie aux anonymes, à ceux qui parlent, écoutent, choisissent dans la pénombre des siècles. Avec « A noir, E blanc, I rouge », Rimbaud a su frapper; il prêtait des couleurs aux voyelles. Or, le pouvoir épigénétique du langage avait montré depuis longtemps que la notion de couleur ne demandait qu'à se transporter dans des domaines qui, apparemment, lui étaient étrangers. C'est ainsi qu'on est « pris d'une colère blanche » ou qu'on « voit rouge ».

Les puristes sont facilement offensés par les passages du littéral au figuré que le temps n'a pas encore consacrés. On a le droit de juger une couleur criarde, une voix blanche, un propos tranchant, une déclaration enflammée; une réunion peut être houleuse, une repartie cinglante, un ennui mortel, une insinuation venimeuse, un regard assassin, un ton mordant; on assure d'un ami ou d'un ennemi qu'il est un boulet, un mur, un volcan, un courant d'air, une girouette, un bolide, une chiffe; il est un peu familier de perdre les pédales, de jeter sa gourme, de sortir de ses gonds, de ronger son frein, de laisser la bride sur le cou, de prendre le mors aux dents et de lâcher du lest, mais aucun intégriste du français ne prendra la peine de s'en fâcher. La patte-d'oie et la bretelle ont été admises dans le vocabulaire routier et les statisticiens nous ont habitués à la fourchette, mais les fanatiques qui rêvent d'un langage immobilisé une fois pour toutes ne manquent pas de cibles puisqu'ils tiennent toujours à leur merci les derniers mots qui viennent d'effectuer leur passage au figuré et qu'ils ignorent ou oublient les inépuisables ressources de ce passage dont je ne finis pas de m'émerveiller. *Sincère* descend d'une expression latine qui signifiait « sans cire » et s'appliquait à un miel pur et honnête avant de qualifier un caractère.

Aujourd'hui, pour prendre un exemple, ces fanatiques goûtent de sombres délices en condamnant ceux qui n'utilisent plus seulement *créneau* dans son acception architecturale et lui demandent de désigner un intervalle délimité dans un emploi du temps. Examinant mon agenda où chaque page est divisée en sept colonnes, je distingue d'un regard mes soirées libres des autres qui sont occupées par mon écriture; c'est bien des créneaux que j'ai devant moi et si je réponds à mon correspondant téléphonique que *j'ai un créneau* le mardi, le jeudi et le samedi, je pense être clair. Non seulement le symbole ressemble avec fidélité à ce qu'il image mais encore il dénomme brièvement ce qu'il aurait fallu approcher par une périphrase où il aurait été question de la recherche d'un laps de temps libre. *Créneau,* quand il est pourvu de cette signification, est un nouveau mot qui nous avait manqué. La langue a prouvé qu'elle était vivace en le créant.

Je crois cette création durable parce qu'elle est d'une parfaite vertu symbolique et qu'elle répond à un besoin. Toutefois, je conçois que le vocabulaire hésite à enregistrer des termes qui, dépourvus de ces deux atouts, sont peut-être condamnés à ne vivre que l'espace d'une mode. Malgré la disparition des chevaux de trait, un lycéen peut toujours donner un coup de collier à la veille de son examen parce que l'usage de cette expression reste nécessaire et que l'image demeure toujours vivante. Il n'en est pas de même de mots saisonniers inventés par des collégiens, des snobs ou des spécialistes du domaine médiatique. J'espère que *c'est un must* ou *ce n'est pas ma tasse de thé* s'en iront tout comme ils sont venus et que les niais se régaleront d'autres trouvailles aussi fugitives qui leur donneront la même illusion de singulariser et de corser des propos phatiques. Au moment où j'écris, *câblé* supplante *branché* qui avait effacé *in*; la vie du langage n'est pas concernée par ces mots qui ne sauraient trouver place que dans une histoire anecdotique de la mode. Il est facile de condamner toutes les nouveautés par principe, il est plus amusant, plus utile aussi de tenter un tri.

Ponctuel, quand il s'avisa de désigner une action réduite à un objectif isolé, fut condamné à tort. Ce terme, comme *créneau,* répondait à un besoin et s'appuyait sur une image juste; ce n'était pas un article de Paris dont on se lasse. Pouvons-nous en dire autant de *niveau?* Ce mot est chargé d'une longue histoire qui prouve le pouvoir imaginatif de la langue mais le sens que lui prêtent aujourd'hui les politiciens, les journalistes, les bavards est d'une telle imprécision qu'il trahit une résignation au confus. On abuse de *niveau* dans des circonstances où *du point de vue de, dans le domaine de, sur le plan de* suffisaient pour distinguer des nuances. Il y a affaiblissement de la langue quand un nouveau mot ou le nouvel usage d'un mot servent à masquer une carence de la pensée qui triomphe dans *au niveau du vécu* – sauf si la tournure est ironique.

Je suis parti en guerre contre ceux qui enferment le français dans une cage, et dans une cage trop étroite où il ne peut plus écarter les ailes; je voulais lui donner un témoignage d'amitié. Cette amitié m'interdit la moindre tolérance pour les troubles morbides qui l'assaillent ou le menacent. La syntaxe n'est pas offensée par « je me rappelle de toi », elle l'est par « ce que j'ai peur c'est de t'oublier ». Cette offense affaiblit le corps de la langue et l'atteint dans sa vigueur donc dans son pouvoir. Je suis disposé à accepter les modifications qui accroissent l'autorité du discours, fût-ce aux dépens de la tradition, mais dès qu'elles l'appauvrissent, neuves ou traditionnelles, je les récuse en proposant pour seul critère l'entretien d'un outil qui est garant d'une efficacité.

Je ne vois pas pourquoi un *hymne* continuerait d'être masculin quand il est profane et féminin quand il est sacré. Au contraire, je souhaite défendre une distinction que l'on est en train d'oublier entre *couple* employé pour deux choses ou deux êtres réunis accidentellement qui est féminin, et *couple* désignant deux êtres liés par une même affection ou par un même travail, qui est masculin. Un couple d'amants dédaigne pour se regarder une couple de perdrix aux choux. Et voilà! Je me sens bien à mon aise dans ce français solide et habile. Toutefois, l'existence de *bacchanal* auprès de *bacchanales,* si elle ne me dérange pas, ne me retient guère. Je laisserais volontiers tomber en me donnant le plaisir d'alléger la langue. Il faut savoir jeter gaiement du lest.

CHAPITRE VIII

Mallarmé :
« J'attends en m'abîmant que mon ennui s'élève »

Encore faut-il jeter le lest à bon escient. C'est à contrecœur que j'ai renoncé à employer *fruste* au sens de *poli.* Si je m'étais obstiné, j'aurais communiqué au lecteur un sens contraire à celui que je prétendais lui faire entendre.

Pour *abîmer,* je suis tenté par une demi-mesure. Il est des cas où la signification originelle d'*abîmer* reste saisissable. Je peux écrire que Jéhovah abîma Sodome et que Sodome s'abîma dans les flammes. Mais, comme on le voit, j'ai besoin d'un contexte et l'événement auquel je fais allusion doit se situer dans un temps très lointain. Je n'oserais plus écrire que Lisbonne a été abîmée par un tremblement de terre, j'emploierais *détruite.* Toutefois, je ne me suis pas résolu à admettre que la rouille a abîmé le guidon de ma bicyclette.

Le langage est un tapis non pas volant mais roulant, et l'on aurait mauvaise grâce à l'accuser de se renier dès qu'il se modifie. Érodé par l'usage, *gêner* a éteint les feux de la géhenne pour se faire si modeste et si timide que, examinant pour la première fois un panneau qui annonçait que le stationnement était gênant, j'ai cru d'abord qu'il n'était pas interdit mais que l'on conseillait aux automobilistes de l'éviter, s'ils pouvaient. Il fallait en effet deviner que l'infraction était non pas vénielle mais particulièrement grave. Cet exploit de la Ville de Paris restera sans lendemain.

En vain tenterait-on de rendre leur force ancienne à *étonner* ou à *énerver*.

Il me semble en revanche que la distinction entre *denture* et *dentition, inclinaison* et *inclination* doit être protégée parce qu'elle sert la précision du discours.

Le souci de cette précision ne me paraît pas du tout incompatible avec la sympathie que j'éprouve pour le mouvement perpétuel du langage. Certes, le XVIIe avait codifié, mais c'est le XVIIIe qui a souhaité immobiliser. J'ai évoqué plus haut, à propos de *fixer*, la haine de Voltaire pour l'ellipse; il n'appréciait pas davantage les métaphores, s'en prenant par exemple à *bras* dès qu'il s'éloignait du corps humain pour s'appliquer à un fauteuil, à la mer ou à une balance. Souvent les écrivains sévissent encore plus que les grammairiens. Roger Nimier se plaisait à répéter : « On n'impressionne que la cire et les tissus. » Pour ma part, je suis *impressionné* par la permanence d'un pouvoir créateur qui, aussi capable d'imaginer que d'abstraire, découvre, de siècle en siècle, quelquefois de décennie en décennie, les ressources encore secrètes d'un terme. Quand Paul Léautaud prétendait qu'*ouvrir* les cuisses d'une femme c'était la déchirer, il oubliait qu'on peut ouvrir un tiroir ou une porte sans les casser à coups de hache et qu'on ouvre un débat sans le trancher.

Avant de condamner une extension par principe, le bon sens voudrait qu'on l'examinât. Depuis plus d'un siècle, *susceptible*, dont l'essence implique la passivité, se substitue de plus en plus souvent à *capable* qui, lui, vise à l'action. Mme MacMich était capable d'infliger au bon petit diable toutes les flagellations qu'il était susceptible de recevoir. Cette confusion d'emploi est dangereuse parce qu'elle nous prive d'une distinction qui est capitale. Mais qu'*emprise*, troublée par son voisinage avec empire et empreinte, ait perdu son sens originel, je ne m'en chagrine pas puisque celui-ci peut être rendu par d'autres mots.

Je n'ai pas davantage envie de défendre *mappemonde* qui, pour des raisons de sonorité, évoque irrésistiblement la rondeur d'un globe et non la carte plane que soutiennent toujours les dictionnaires.

Je m'en suis enquis autour de moi et c'est un fait que *compendieusement*, s'il signifie toujours aux yeux de la loi *brièvement*, *sèchement*, a pris, à cause de ses formes rebondies, une signification inverse de sorte que discourir compendieusement donne à imaginer qu'on s'est étendu avec une complaisante faconde. Ce *compendieusement* bedonnant et trompeur nous encombre, laissons-le tomber sans regret.

CHAPITRE IX

IL y a un examinateur de l'écriture qu'on appelle le stylisticien. Pour dégager les styles, les comparer, les juger, il recourt à des lois. L'une d'elles dénonce la répétition. Quand Bernard Pivot condamne un romancier coupable d'avoir répété plusieurs fois le même mot dans la même page, il se comporte en stylisticien.

Nul ne songerait à blâmer les répétitions volontaires qui sont un effet de l'art. « Madame se meurt, madame est morte », très bien ! « Tu appelles un chat un chat », bravo ! Et même les répétitions de radical sont pleines de grâce comme le montre l'inoubliable vers : « L'oiselier vend l'oiseau que l'oiseleur a pris. » Mais venons-en à la toute simple répétition que notre institutrice traquait déjà en nous adjurant de modifier l'architecture de notre phrase ou de recourir à des synonymes, ou encore de supprimer le passage fautif. Nous étions prêts à tout pour éviter de perpétrer ce forfait.

Or, Vaugelas ne condamnait la répétition que dans certaines circonstances particulières, notamment si le mot était « spécieux ». Cet adjectif – et voici un nouvel exemple de l'agitation continuelle de la langue – a pris aujourd'hui un sens que n'aurait pu prévoir Vaugelas pour qui il signifiait brillant, frappant, remarquable. Il admet généralement la répétition et l'encourage : « Si le mot est simple et commun il n'en faut pas faire scrupule », sauf s'il est placé au commencement de deux périodes consécutives. Et Pascal précise que quand un mot est le mot propre, il ne faut pas hésiter à répéter ce mot.

Peu à peu les écrivains, encouragés par les professeurs, ont été nombreux à rêver d'une perfection formelle obtenue grâce à quelques contraintes dont le refus de la répétition est sans doute la plus impérieuse. Il s'applique même aux verbes auxiliaires qui sont pourtant l'indispensable ciment du français. On a reproché cet abus à Stendhal en oubliant qu'il avait lu, avant le Code civil, les classiques et que Molière écrivait paisiblement : « Bien des gens *ont* frondé d'abord cette comédie; mais les rieurs *ont été* pour elle, et tout le mal qu'on en *a* pu dire n'*a* pu faire qu'elle n'*ait eu* un succès dont je me contente. »

L'un des soucis de Gide fut de nous convaincre qu'il écrivait bien et je me suis naguère servi de sa traduction de *Typhon* pour montrer qu'il n'hésitait pas à sacrifier la précision de la pensée à un mouvement de coquetterie. Quand il écrit que « la confiance de Jukes en lui-même demeurait ébranlée », il réussit à éviter un *était* répétitif et banal mais il nous impose l'image d'un jeune officier qui aurait toujours douté de soi alors que Conrad, sans ambiguïté, nous révélait que pour la première fois l'assurance de Jukes était atteinte.

Au passage, quitte à recopier l'un de mes textes, je donnerai un autre exemple des dégâts que la volonté de « bien écrire » provoque aux dépens de la clarté et de l'exactitude. Il est également tiré de la traduction de *Typhon*. Le même Jukes, qui est le second du navire, se plaint de la chaleur à Mac Whirr, son capitaine, que la nature a privé de toute imagination, à ce point que prenant littéralement une comparaison, il est incapable de la saisir. Aussi, quand Jukes s'exclame qu'il fait si chaud qu'on se sent la tête comme enveloppée dans une couverture de laine, Mac Whirr, surpris, lui demande-t-il : « Voulez-vous dire que vous ayez jamais eu la tête enveloppée dans une couverture de laine, monsieur Jukes? » Mais Gide qui raffole des *ne* décoratifs croit plus gracieux d'écrire : « Voulez-vous dire que vous n'ayez jamais eu la tête enveloppée dans », etc.; le lecteur n'a rien d'autre à comprendre que ceci : Mac Whirr trouve normal qu'on s'enveloppe la tête dans une couverture et s'étonne de l'émotion de son lieutenant.

Sur ce sujet, une anecdote du XVIIe est exemplaire. Chapelain ayant lancé à un aimable lettré : « C'est bien à vous d'en juger, vous ne savez pas lire », son interlocuteur répliqua : « Je ne sais que trop lire depuis que vous vous faites imprimer », puis, enchanté par sa boutade, il entreprit d'en faire une épigramme dont Racine, consulté, changea un vers. A « De ne pas savoir lire oses-tu me blâmer » il préférait, pour soigner l'harmonie : « De mon peu de lecture oses-tu me blâmer. » Molière critiqua aussitôt cette correction. Pour n'avoir que peu de lecture, encore faut-il savoir lire, donc le sens de cette petite satire disparaissait. En faveur de la première version, Molière ajouta : « Elle est la plus naturelle, et il faut sacrifier toute régularité à la justesse de l'expression. C'est l'art même qui doit nous apprendre à nous affranchir des règles de l'art. » Quand, dans sa traduction de *Typhon* qui décidément me tient lieu de pierre de Rosette, Gide, pour montrer l'aspect du cargo ravagé par la tempête, emploie *ruineux* pour *ruiné* parce qu'ayant déjà recouru à deux adjectifs qui se terminaient par un *é* et qu'il jugeait plus musical d'introduire un *eux*, il trahissait à la fois le sens, le bon sens et Conrad. Il aurait gagné à méditer l'observation cardinale de Molière.

Celle-ci peut-elle justifier l'abondance des répétitions chez Stendhal ? M. Antoine Albalat, qui en a esquissé un inventaire, cite notamment cette page du *Rouge* qui vaut d'être examinée. « Ses actes d'adoration, ses *transports* à la vue de son amie finirent par la rassurer *un peu* sur la différence d'âge. Si elle eût possédé *un peu* de ce savoir-*vivre* dont une femme de trente ans jouit depuis longtemps dans les pays plus civilisés, elle eût frémi pour la durée d'un amour qui ne semblait *vivre* que de surprise et de ravissement d'amour-propre. Dans ses moments d'oubli, d'ambition, Julien *admirait* avec *transport* jusqu'au chapeau, jusqu'aux robes de Mme de Rênal. Il ne pouvait se rassasier du plaisir de sentir leur parfum. Il ouvrait son armoire à glace et restait des heures entières *admirant* la beauté et l'arrangement de tout ce qu'il y *trouvait.* Son amie, appuyée sur lui, le *regardait*; lui *regardait* ces bijoux, ces chiffons qui, la veille d'un mariage, emplissent une corbeille de noces. J'aurais pu épouser un tel homme! pensait quelquefois Mme de Rênal; quelle âme de feu! Quelle vie ravissante avec lui!

« Pour Julien, jamais il ne s'était *trouvé* aussi près de ce terrible instrument de l'artillerie féminine. Il est impossible, se disait-il, qu'à Paris on ait quelque chose de plus beau! Alors, il ne *trouvait* point d'objection à son bonheur. Souvent la sincère *admiration,* et les *transports* de sa maîtresse lui faisaient oublier cette vaine théorie qui l'avait rendu si compassé et presque ridicule dans les premiers *moments* de cette liaison. Il eut des *moments* où, malgré ses *moments* d'hypocrisie, il *trouvait* une douceur *extrême* à avouer à cette grande dame qui l'*admirait* son ignorance d'une foule de petits usages.

« Le rang de sa maîtresse semblait l'élever au-dessus de lui-même. Mme de Rênal, de son côté, *trouvait* la plus douce des voluptés morales à instruire ainsi, dans une foule de petites choses, ce jeune homme rempli de génie, et qui était *regardé* par tout le monde, comme devant un jour aller si loin. Même le sous-préfet et M. Valenod ne pouvaient s'empêcher de l'*admirer.* Ils lui en semblaient moins sots. Quant à Mme Derville, elle était bien loin d'avoir à exprimer les mêmes sentiments. Désespérée de ce qu'elle croyait deviner, et voyant que les sages avis devenaient odieux à une femme, qui à la lettre avait perdu la tête, elle quitta Vergy, sans donner une explication qu'on se garda de lui demander. Mme de Rênal en versa quelques larmes et bientôt il lui sembla que sa félicité redoublait. Par ce départ, elle se *trouvait* presque toute la journée tête à tête avec son amant.

« Julien se livrait d'autant plus à la douce société de son amie, que toutes les fois qu'il était trop longtemps seul avec lui-même, la fatale proposition de Fouqué venait encore l'agiter. Dans les premiers jours de cette vie nouvelle, il y eut des *moments* où lui qui n'avait jamais aimé, qui n'avait jamais été aimé par personne, *trouvait* un si délicieux plaisir à être sincère qu'il était », etc. Ces répétitions, dès qu'on a commencé à les remarquer, témoignent d'une négligence qui peut inspirer le sourire ou le dégoût et M. Albalat qui en a relevé bien d'autres dans l'œuvre de sa victime a raison de s'indigner.

Pourtant, lorsque je tombai par hasard sur son petit livre de stylistique, j'avais déjà relu plus d'une centaine de fois *Le Rouge*, donc plus d'une centaine de fois ces lignes scandaleuses avaient défilé sous mes yeux. Or, jamais elles ne m'avaient choqué car jamais je n'avais remarqué ce foisonnement maladroit de répétitions qui semblent trahir la pauvreté intolérable d'un vocabulaire. Mon aveuglement tenait à ceci : j'étais à ce point le prisonnier fasciné du texte que mon attention était incapable de se disperser sur des détails malencontreux. Les amateurs du *Rouge* à qui j'ai montré le réquisitoire documenté de M. Albalat m'ont avoué qu'ils avaient, eux aussi, oublié de remarquer ce pullulement d'imperfections. Stendhal est coupable, d'accord, mais petit coupable et grand magicien.

En revanche, pour être arrêté net dans ma lecture, il avait suffi que je rencontre dans Mérimée le paragraphe suivant : « Après avoir dîné, il s'était établi sur un canapé commode et avait passé deux heures sans dire un mot. La raison était simple; il dormait, décemment d'ailleurs, assis, la tête penchée de côté et comme écoutant avec intérêt la conversation. Il se réveillait même de temps en temps et plaçait son mot. » Ce dormeur, qui réussit sans dire un mot à placer son mot de temps en temps, niait à ce point son existence qu'il exterminait la nouvelle et que, si je lus jusqu'au bout *La Double Méprise,* ce fut pour le plaisir un peu méchant de scruter une vacuité. Mérimée, contrairement à Stendhal, prêtait une haute valeur à la forme : il écrivait froidement, minutieusement, et son imagination était vide.

En classe de seconde, j'eus pour professeur de mathématiques un gros homme assez jeune qui m'a laissé un souvenir agréable. Il lui arriva de nous lire deux théorèmes dont les significations étaient identiques mais l'énoncé de l'un étant plus court, il accédait par comparaison à une beauté dont l'autre était dépourvu. Aussitôt après, ce professeur avait ajouté qu'il se garderait de prétendre qu'en littérature la concision fût douée de la même vertu esthétique. Sauf pour les auteurs de maximes, d'aphorismes, de traits d'esprit qui ont besoin du bref pour frapper, les écrivains peuvent, selon leur caractère – pour peu qu'ils aient appris, et c'est l'essentiel, à connaître celui-ci –, choisir de cultiver la concision ou la surcharge, la correction ou la négligence. La concision : Flaubert. La surcharge : Proust. La correction : Rousseau. La négligence : Stendhal.

Je voulais en rester là mais le sujet m'occupe assez pour que je lui cède en poursuivant mon propos. A comparer les corrections que Flaubert apportait à ses manuscrits on constate vite qu'il tenait pour bénéfique tout raccourcissement, qu'il fût dû à un allégement ou à une amputation. Le deuxième texte est toujours plus court, et parfois beaucoup plus, que le premier. Voici deux versions successives de *Madame Bovary* :

– « Quand l'ennui d'Emma quelque temps se fut arrêté sur cette déception, et que les souvenirs du passé, comme une danse, eurent bien tourné tout autour de sa tête, la place de nouveau resta vide et alors la série des mêmes journées recommença. »

– « Après l'ennui de cette déception son cœur de nouveau resta vide, et alors la série des mêmes journées recommença. »

La sécheresse du texte définitif satisfaisait l'une des passions créatrices de Flaubert, mais elle me déçoit. Ce rapport bien plat ne me touche pas alors que je ne demanderais qu'à voir tourner plus longtemps, comme un manège, la ronde de souvenirs colorés et odoriférants, précis ou flous, secrètement associés ou libres, qui assiègent Emma. Cela tient tout simplement à ce que je savoure plus Proust que Flaubert, et de mon humeur je me garderai de faire une règle.

CHAPITRE X

On aura remarqué sans doute que j'étais enclin à accepter, quand elles me semblaient opportunes, l'entrée d'un mot nouveau dans notre vocabulaire ou l'accession d'un mot ancien à un nouveau sens. Le plaisir que j'éprouve à voir vivre le langage, vivre donc changer, je l'ai trahi plusieurs fois par mon enthousiasme. Il est temps que je m'en explique.

Il y a une quarantaine d'années je consultai par simple curiosité un « dictionnaire des racines des langues européennes » établi par M. Grandsaignes d'Hauterive et vite j'en vins à considérer les développements de ces racines comme autant de romans. Il s'agit d'un romanesque particulier où les événements sont imprévisibles et néanmoins logiques a posteriori. A titre d'exemple, je prends dans ce dictionnaire la racine indo-européenne *ar* qui contient les notions de jointure et d'arrangement. Voici le texte qui, dans ce dictionnaire, relate les aventures de cette racine inventive et vivace.

I. Idée de jointure.

Sanskrit : *irmah,* bras.

Grec : *harmos,* jointure; *arthron,* id.; *harma,* attelage.

D'où français : arthrite.

Latin : 1. *armus,* haut du bras, épaule – *arma* (pluriel), armes défensives; *armarium,* coffre (principalement à armes); *armillae,* bracelet – *armentum,* gros bétail (bêtes qu'on attelle) – 2. *artus,* membre; *articulus,* articulation; *articulare,* articuler.

Du latin : ancien français : 1. almaire, armoire; armille, bracelet – 2. artil, arteil; jointure.

Français : 1. ars (appliqué au cheval) – arme; armoire, armorial, armure; armer, armée – 2. orteil (pour arteil); article; articuler – alarme, alarmer.

D'où anglais : 1. *arm,* armer; *army,* armée; *armour,* armure – 2. *article,* article, articuler.

Allemand : 1. *Armee,* armée – 2. *Articker,* article – Alarme, *Lärm,* alarme.

Espagnol, italien : 1. *arma,* arme; *armario,* armoire. Italien : *armilla,* bracelet. Espagnol : *armar,* italien : *armare,* armer. Espagnol : *armada,* italien : *armata,* flotte – Italien : *armento,* gros bétail – 2. Espagnol : *articulo,* article, italien : *articolo,* jointure des os; *artiglio,* griffe.

Anglais : *articulate,* stipuler.

Du germanique. – Gothique : *arms.* Anglais : *arm,* bras. Allemand : *Arm,* bras; *Armel,* manche.

II. Idée d'arrangement.

Grec : *ar-arô,* arranger; *ar-ithmos,* nombre; *artuô,* ajuster; *artios,* bien ajusté – *ar-eskô,* plaire; *aretê,* vertu; *aristos,* excellent; *harmozô,* ajuster; *harmonia,* harmonie.

D'où français : arithmétique; aristocrate, harmonie.

Latin : 1. *ars, artis,* façon d'être; art; *artifex, artificis,* artisan; *artificium,* artifice; *iners,* paresseux; *sollers,* habile – *artus,* bien ajusté, serré; *artare,* serrer – 2. *ritus,* rite.

Du latin :

Ancien français : *artos,* savant; *arti,* habile; *artil,* engin; *artillos,* habile.

Français : 1. art; artiste, artifice; artillerie; inerte – 2. rite, rituel.

D'où anglais : *art; artifice; artist; inert; artillery; rite.*

Allemand : *Artillerie.*

Espagnol, italien : 1. *arte,* art; ruse – Espagnol : *artero,* rusé. – Espagnol : *artesano,* italien : *artigiano,* artisan. Espagnol : *artifice,* italien : *artefice,* artiste. Espagnol, italien : *artificio,* artifice. Espagnol : *artilleria,* italien : *artiglieria,* artillerie. Espagnol, italien : *inerte,* inerte. Italien : *solerte,* soigneux – *arto,* étroit – 2. Espagnol, italien : *rito,* rite.

D'où français, de l'italien : artisan.

Anglais : *art-ful,* rusé; *art-less, naïf.*

Allemand : *Art,* espèce, manière; *artig,* gentil.

Je goûte l'éclatement de cette gerbe, guidé par l'intelligence et la sensibilité collectives, plus étincelant et plus crépitant que le bouquet d'un feu d'artifice.

Chaque page de ce dictionnaire publié par Larousse raconte des aventures également prenantes. Au hasard, j'aperçois *hug* qui, en indo-européen, évoque l'idée d'atteler et de joindre. En sanskrit, elle inspirera le joug, en grec aussi, puis en latin à joug s'ajouteront l'attache du cou, la gorge, la jonction, le joint, le quadrige; la surface labourée en un jour par un attelage de bœufs, la bête de trait; la jointure, l'adjonction, le conjugal; conjuguer, subjuguer au littéral puis au figuré. Le français reprend docilement ces termes mais la bête de trait se réduit à la jument et apparaissent *enjoindre* et *jucher*. En espagnol et en italien on comprend que l'idée de joindre ait provoqué celle d'assemblée et la naissance de la junte.

Ye, racine indo-européenne qui désigne une formule sacrée, révèle le caractère des sociétés parmi lesquelles, au fil des siècles, elle a vécu, donc remué. En védique, *yoh* signifie « salut ! », en latin, devenue *jus*, la racine va commencer à devenir un arbre qui mène une double vie entre le sacré – jurer, abjurer, conjurer, parjurer – et le profane qui se poursuit en français avec juge, jugement, judiciaire, adjudication, préjudice, justice, jurisprudence, judicieux, juriste, juré, injure.

La racine sanskrite, *una*, signifie « manquer de ». A travers des transformations phonétiques dont je vous épargne le détail elle en vient à désigner en latin la vacuité avec le verbe *vacare*, d'où descendent aussi bien *vide* que *vacance*. Mais en latin l'imagination avait entraîné à d'autres associations. Il y eut le verbe *evanescere* auquel nous devons *évanouir*, l'adjectif *vanus* qui nous a donné *vain* mais aussi *nu*. Appliquée à un paysage, cette notion laisse à supposer une destruction préalable, d'où *vascare* puis *dévaster*. *Vague* en sort pendant que l'idée de vide enfante aussi bien *vidange* que *vantardise.*

Autour de la racine *ghel* naîtront des mots qui signifieront le jaune-vert en sanskrit, le vert en grec, d'où la bile, puis en français la chlorophylle, le choléra, la colère, la mélancolie, enfin l'or en anglais et le fumier en italien.

Kap donnera le crâne en sanskrit, la tête en latin, et en français chef et cheptel, capital et chevet, chapitre et capiteux, précipice et caporal. En grec, *kep-kop* engendre des termes qui s'appliquent au fait de couper et au couteau mais en latin le sens s'infléchit et se restreint pour désigner un coq coupé, *capo* qui sera notre chapon, un bouc coupé, *caper* qui influera sur le nom de la femelle en provoquant *capra,* notre chèvre et à travers elle la crevette, le chèvrefeuille, le chevreuil, le caprice et le cabriolet. La luxuriance du langage ne cessera pas de m'enivrer.

On savoure plus justement le corps, la robe, le bouquet d'un mot quand on en connaît le terroir. Il subsiste dans *convaincre* une trace de brutalité qui tient à sa parenté avec *combattre, vaincre, victime* et une douceur dans *persuader* dont la racine *swad* contenait en effet l'idée de douceur qui sécrétera en grec et en latin, puis en français et en anglais, des termes désignant l'agrément, le plaisir, la suavité. On saisit mieux la patience tendre de la persuasion quand on sait que celle-ci a la suavité pour sœur.

Une nuit, dans une cabine de wagon-lit, je contemplais, voguant contre moi, un pur visage de jeune fille dont la situation était impudique à l'extrême; or, brusquement, je le jugeai aussi vénérable et vénéré que désirable et désiré, ce visage d'une calme beauté libertine. Que *vénérable* se fût imposé comme si je l'avais prononcé ou écrit, alors qu'il était porté par un flot de sensations, de sentiments, de pensées gouvernées par l'émotion et non formulées, m'avait d'abord déconcerté parce que le terme ne semblait pas s'harmonier avec la scène qui se déroulait. D'abord, tant j'étais pris au dépourvu, je n'osai pas me confier et quand, plus tard, je m'y décidai je dus, pour préciser ce souvenir, employer des mots qui firent rougir celle que l'acte avait laissée impavide. Le pouvoir des mots peut expliquer en partie le goût presque nominaliste que je leur porte, mais en cette circonstance je leur demandais encore davantage. Puisque *vénérée* et *désirée* s'étaient si bien entendus dans mon cœur, ne présenteraient-ils pas une parenté grâce à laquelle Vénus serait vénérable? Nous essayâmes d'y croire, faisant confiance à la vertu délirante du langage. Encore fallait-il demander au texte de vérifier une intuition peut-être séduite. Consultés, mon « Grandsaignes d'Hauterive » et le dictionnaire étymologique du français de Jacqueline Picoche m'assurèrent que la racine *wen* concernait l'amour et qu'en sanskrit comme en latin elle avait donné des mots qui exprimaient plus singulièrement le désir sexuel. Le substantif *venus, veneris* avait été divinisé en la personne de Vénus. Jusqu'ici rien que de très prévisible, mais ensuite! Ensuite, je tombai sur l'expression *venerem venerari* qui signifiait « désirer un désir » et par contagion « implorer Vénus » afin qu'elle se montre favorable à l'entreprise. Cette respectueuse prière provoqua la naissance de *veneratio* et de *venerabilis* qui ont poursuivi leur carrière en français avec *vénération, vénérable et vénérer*. Le secret déconcertant de cette énigme ferroviaire était élucidé, et voilà pourquoi je postule qu'on laisse aux mots la licence de rêver, comme nous, durant leurs longues nuits.

DU MÊME AUTEUR

Prix littéraire de la Fondation Prince Pierre de Monaco 1983 pour l'ensemble de son œuvre

LES CORPS TRANQUILLES, La Table Ronde, 1948.
PAUL ET JEAN-PAUL, Grasset, 1951.
NEUF PERLES DE CULTURE (en collaboration avec Claude Martine), Gallimard, 1952.
LE PETIT CANARD, Grasset, 1954.
MAURIAC SOUS DE GAULLE, La Table Ronde, 1964.
LA FIN DE LAMIEL, Julliard, 1966.
AU CONTRAIRE, La Table Ronde, 1967.
CHOSES VUES AU VIET-NÂM, La Table Ronde, 1968.
LETTRE OUVERTE AUX ÉTUDIANTS, Albin Michel, 1969.
LES BÊTISES, Grasset, 1971.
HISTOIRE ÉGOÏSTE, La Table Ronde, 1976.
ROMAN DU ROMAN, Gallimard, 1978.
LE NU VÊTU ET DÉVÊTU, Gallimard, 1980.
LES SOUS-ENSEMBLES FLOUS, Grasset, 1981.
LES DIMANCHES DE MADEMOISELLE BEAUNON, Grasset, 1982.
STENDHAL COMME STENDHAL, Grasset, 1984.

Le Livre de Poche Biblio

Extrait du catalogue

Sherwood ANDERSON
Pauvre Blanc

Guillaume APOLLINAIRE
L'Hérésiarque et Cie

Miguel Angel ASTURIAS
Le Pape vert

James BALDWIN
Harlem Quartet

Djuna BARNES
La Passion

Adolfo BIOY CASARES
Journal de la guerre au cochon

Karen BLIXEN
Sept contes gothiques

Mikhail BOULGAKOV
La Garde blanche
Le Maître et Marguerite
J'ai tué
Les Œufs fatidiques

Ivan BOUNINE
Les Allées sombres

André BRETON
Anthologie de l'humour noir
Arcane 17

Erskine CALDWELL
Les Braves Gens du Tennessee

Italo CALVINO
Le Vicomte pourfendu

Elias CANETTI
Histoire d'une jeunesse - *La langue sauvée*
Histoire d'une vie - *Le flambeau dans l'oreille*
Les Voix de Marrakech
Le Témoin auriculaire
Jeux de regard

Raymond CARVER
Les Vitamines du bonheur
Parlez-moi d'amour

Blaise CENDRARS
Rhum

Varlam CHALAMOV
La Nuit
Quai de l'enfer

Jacques CHARDONNE
Les Destinées sentimentales
L'Amour c'est beaucoup plus que l'amour

Jerome CHARYN
Frog

Bruce CHATWIN
Le Chant des pistes

Hugo CLAUS
Honte

Joseph CONRAD et Ford MADOX FORD
L'Aventure

René CREVEL
La Mort difficile

Alfred DÖBLIN
Le Tigre bleu

Iouri DOMBROVSKI
La Faculté de l'inutile

Lawrence DURRELL
Cefalù

Friedrich DURRENMATT
La Panne
La Visite de la vieille dame
La Mission

Jean GIONO
Mort d'un personnage
Le Serpent d'étoiles

Lars GUSTAFSSON
La Mort d'un apiculteur

Knut HAMSUN
La Faim

Henry JAMES
Roderick Hudson
Le Coupe d'or
Le Tour d'écrou

Ernst JÜNGER
Jardins et routes *(Journal I, 1939-1940)*
Premier journal parisien *(Journal II, 1941-1943)*
Second journal parisien *(Journal III, 1943-1945)*
La Cabane dans la vigne *(Journal IV, 1945-1948)*
Héliopolis
Abeilles de verre
Orages d'acier

Ismaïl KADARÉ
Avril brisé

Qui a ramené Doruntine ?
Le Général de l'armée morte

Franz KAFKA
Journal

Yasunari KAWABATA
Les Belles Endormies
Pays de neige
La Danseuse d'Izu
Le Lac
Kyôto
Le Grondement de la montagne
Le Maître ou le tournoi de go

Andrzeij KUSNIEWICZ
L'État d'apesanteur

Pär LAGERKVIST
Barabbas

D.H. LAWRENCE
Le Serpent à plumes

Primo LEVI
Lilith
Le Fabricant de miroirs

Sinclair LEWIS
Babbitt

LUXUN
Histoire d'AQ : Véridique biographie

Carson McCULLERS
Le cœur est un chasseur solitaire
Reflets dans un œil d'or
La Ballade du café triste
L'Horloge sans aiguilles
Frankie Addams

Naguib MAHFOUZ
Impasse des deux palais
Le Palais du désir

Thomas MANN
Le Docteur Faustus

Katherine MANSFIELD
La Journée de Mr. Reginald Peacock

Henry MILLER
Un diable au paradis
Le Colosse de Maroussi
Max et les phagocytes

Vladimir NABOKOV
Ada ou l'ardeur

Anaïs NIN
Journal 1 - *1931-1934*
Journal 2 - *1934-1939*
Journal 3 - *1939-1944*
Journal 4 - *1944-1947*

Joyce Carol OATES
Le Pays des merveilles

Edna O'BRIEN
Un cœur fanatique
Une rose dans le cœur

PA KIN
Famille

Mervyn PEAKE
Titus d'Enfer

Robert PENN WARREN
Les Fous du roi

Leo PERUTZ
La Neige de saint Pierre
La Troisième Balle
La Nuit sous le pont de pierre

Luigi PIRANDELLO
La Dernière Séquence

Ezra POUND
Les Cantos

Augusto ROA BASTOS
Moi, le Suprême

Raymond ROUSSEL
Impressions d'Afrique

Salman RUSHDIE
Les Enfants de minuit

Arthur SCHNITZLER
Vienne au crépuscule
Une jeunesse viennoise

Leonardo SCIASCIA
Œil de chèvre

Isaac Bashevis SINGER
Shosha
Le Blasphémateur
Le Manoir
Le Domaine

Alexandre VIALATTE
La Dame du Job
La Maison du joueur de flûte

Thornton WILDER
Le Pont du roi Saint-Louis
Mr. North

Virginia WOOLF
Orlando
Les Vagues
Mrs. Dalloway
La Promenade au phare
La Chambre de Jacob
Années
Entre les actes
Flush
Instants de vie

Cahiers de l'Herne

(Extraits du catalogue du Livre de Poche)

Julien Gracq 4069

Julien Gracq, le dernier des grands auteurs mythiques de la littérature contemporaine. Par Jünger, Buzzati, Béalu, Juin, Mandiargues, etc. Et un texte de Gracq sur le surréalisme.

Samuel Beckett 4934

Mystères d'un homme et fulgurance d'une œuvre. Des textes de Cioran, Kristéva, Cixous, Bishop, etc.

Louis-Ferdinand Céline 4081

Dans ce Cahier désormais classique, Céline apparaît dans sa somptueuse diversité : le polémiste, l'écrivain, le casseur de langue, l'inventeur de syntaxe, le politique, l'exilé.

Mircea Eliade 4033

Une œuvre monumentale. Un homme d'exception, attaché à l'élucidation passionnée des ressorts secrets de la vie de l'esprit. Par Dumézil, Durand, de Gandillac, Cioran, Masui...

Martin Heidegger 4048

L'œuvre philosophique la plus considérable du XXe siècle. La métaphysique, la pensée de l'Être, la technique, la théologie, l'engagement politique. Des intervenants prestigieux, des commentaires judicieux.

René Char 4092

Engagé dans le surréalisme et chef de maquis durant la seconde guerre mondiale, poète de la dignité dans l'épreuve et chantre de la fraternité des hommes, René Char confère à son écriture, au lyrisme incantatoire, le style d'un acte et les leçons d'un optimisme en alerte. Par Bataille, Heidegger, Reverdy, Eluard, Picon, O. Paz...

Jorge Luis Borges 4101

Enquêtes, fictions, analyses, poésie, chroniques. L'œuvre, dérive dans tous les compartiments de la création. Avec Caillois, Sabato, Ollier, Wahl, Bénichou...

Francis Ponge 4108

La poésie, coïncidence du parti pris des choses et de la nécessité d'expression. Quand le langage suscite un strict analogue du galet, de l'œillet, du morceau de pain, du radiateur parabolique, de la savonnette et du cheval. Avec Gracq, Tardieu, Butor, Etiemble, Bourdieu, Derrida...

Henri Michaux 4107

La conscience aux prises avec les formes et les intensités de la création. Par Blanchot, Starobinsky, Lefort, Bellour, Poulet...

IMPRIMÉ EN FRANCE PAR BRODARD ET TAUPIN
Usine de La Flèche (Sarthe).
LIBRAIRIE GÉNÉRALE FRANÇAISE - 6, rue Pierre-Sarrazin - 75006 Paris.
ISBN : 2 - 253 - 05435 - 6 ⊕ 30/6852/5